LA MACHINE À EXPLORER LE TEMPS

H.G. Wells

**Adaptation de
Shirley Bogart**

**Illustrations de
Brendan Lynch**

**Traduction de
Muriel Steenhoudt**

ÉDITIONS ABC
DIVISION PAYETTE ET SIMMS INC.

LES GRANDS CLASSIQUES ILLUSTRÉS

Données de catalogage avant publication (Canada)

Wells, H. G. (Herbert George), 1866-1946

La machine à explorer le temps
(Les grands classiques illustrés)

Traduction d'après la version anglaise:
The time machine.

Pour les jeunes de 8 à 12 ans.

ISBN : 2-89495-212-0

I. Bogart, Shirley. II. Steenhoudt, Muriel. III. Lynch, Brendan.
IV. Titre. V. Collection : Grands classiques illustrés

PZ23.W45Ma2003   j823'.912   C2003-940997-X

Dépôts légaux : 2e trimestre 2003
Bibliothèque nationale du Québec
Bibliothèque nationale du Canada

ISBN : 2-89495-212-0

Imprimé au Canada

ÉDITIONS ABC
Division Payette & Simms Inc.
Saint-Lambert (Québec) J4R 1K5

Table des matières

Au sujet de l'auteur

Au départ, Herbert George Wells ne semblait pas avoir beaucoup d'atouts pour réussir dans la vie. Il est né en 1866 à Bromley, dans le Kent, en Angleterre, au sein d'une famille assez pauvre où il n'a pas vraiment eu la chance de s'instruire.

Afin de lui apprendre un métier pour gagner sa vie, ses parents l'envoyèrent comme apprenti chez un couturier puis chez un pharmacien. Mais le jeune garçon trouva ces deux activités ennuyeuses et prit la fuite.

Très jeune déjà, Herbert George aimait lire. C'est ce qui lui permit de trouver un poste d'assistant professeur. On l'encouragea à se présenter à un examen et il gagna une bourse pour étudier la biologie au Royal College of Science. En 1888, il obtint son diplôme avec les honneurs de l'Université de Londres.

H.G. Wells a toujours été passionné par la science-fiction. Lorsqu'il commença à écrire, il introduisit dans ses œuvres ses idées politiques d'une société future idéale. Dans *La Machine à explorer le temps,* le Voyageur dans le temps de Wells est à la recherche de cette civilisation idéale.

Mais Wells ajouta quelques touches «personnelles» complètement loufoques pour 1895. Par exemple, considérer le *temps* comme la quatrième dimension après la longueur, la largeur et la profondeur n'a été accepté par le monde scientifique qu'en 1905, lorsqu'Albert Einstein publia ses recherches sur la relativité.

Plus surprenant encore, en 1914, dans *La Destruction libératrice,* Wells fait une description de la bombe atomique. Or, celle-ci ne sera utilisée qu'en 1945, pendant la Seconde Guerre mondiale.

H.G. Wells mourut en 1946, laissant derrière lui des œuvres aussi célèbres que *Esquisse de l'histoire universelle* et *La Science et la vie.* Mais c'est pour ses œuvres de science-fiction et les films qu'on en a tirés que le nom de H.G. Wells restera gravé dans nos mémoires: *La Machine à explorer le temps, L'Île du docteur Moreau, L'Homme invisible* et *La Guerre des mondes.*

Le jeune scientifique était tout contusionné.

Chapitre 1

Une étrange disparition

– Mon Dieu! Que vous est-il arrivé! s'exclama Filby.

Debout dans l'encadrement de la porte de la salle à manger, le jeune scientifique était tout contusionné et avait les cheveux ébouriffés. Son regard exprimait une horreur indescriptible. Il se trouvait là, balançant la tête en silence.

Les autres personnages assis autour de la table eurent la même réaction que Filby à la vue de leur hôte, un jeune scientifique respecté.

Alors que tous les convives se regardaient, cloués à leurs sièges, Filby se remémorait les événements étranges de la semaine précédente.

LA MACHINE À EXPLORER LE TEMPS

Ce soir-là, à la fin d'un de leurs soupers du jeudi à sa maison de Richmond, en Angleterre, alors que tous les invités étaient assis autour de la table, le jeune scientifique avait suscité beaucoup d'attention. Afin de ne pas citer le nom du jeune scientifique, appelons-le désormais le Voyageur dans le temps.

Parmi les invités se trouvaient George Filby, professeur de mathématiques et le meilleur ami du Voyageur dans le temps, John Manning, psychologue, et Oswald Perry, un médecin.

Les hommes discutaient du système scolaire britannique lorsque le Voyageur dans le temps s'exclama :

— Il y a encore autre chose – aujourd'hui, la géométrie est mal enseignée dans nos écoles.

— De quoi parlez-vous ? demanda Filby. L'enseignement des mathématiques est excellent.

— Les cours de mathématique ont eu d'excellents résultats en ce qui nous concerne, observa Manning en faisant un mouvement du bras comme pour encercler tous les hommes instruits présents dans la pièce.

Une discussion sur l'enseignement
en Angleterre.

LA MACHINE À EXPLORER LE TEMPS

Le Voyageur dans le temps leva la main avec nervosité.

— Non, non. Laissez-moi vous expliquer.

— Allez-y. Nous vous écoutons. Qu'est-ce qui ne fonctionne pas dans notre façon d'enseigner les mathématiques ? dit Filby en passant vivement ses doigts dans ses cheveux roux.

— Très bien, répondit le Voyageur dans le temps. Tout d'abord, nous avons appris qu'une ligne se mesure d'une seule manière : en définissant sa longueur. D'accord ?

Et il dessina une ligne droite sur sa serviette.

— En effet, jusqu'à présent, vous avez raison, dit le docteur Perry, une ligne a une dimension : sa longueur.

— Maintenant, je dessine un carré, continua le Voyageur dans le temps en ajoutant trois autres lignes à son dessin. Et maintenant, combien de dimensions possède ce carré ?

— Deux, évidemment, répondit Manning.

— Tout le monde sait ça, s'impatienta Filby. Un objet plat a une longueur et une largeur. Où voulez-vous en venir ?

« Combien de dimensions possède ce carré ? »

LA MACHINE À EXPLORER LE TEMPS

— Chaque chose en son temps.

Le Voyageur dans le temps cligna des yeux comme s'il était sur le point de dévoiler un secret.

— Bon, continua-t-il en montrant son humidificateur de cigares, et que pensez-vous de cette boîte ? Combien de dimensions a-t-elle ?

— Est-ce que vous vous moquez de nous ? s'exclama Perry, indigné. Elle en a trois, bien sûr : longueur, largeur et profondeur. Est-ce que j'ai gagné le premier prix ?

Les yeux bleus de Perry pétillaient derrière ses lunettes.

— Je suis très sérieux, répondit le Voyageur dans le temps : longueur, largeur et profondeur... et c'est tout ce qu'ils vous ont appris à l'école !

Et il tapa violemment ses poings sur la table.

— Maintenant, ça suffit, intervint Manning. Est-ce que vous êtes en train de nous dire qu'il y a une autre dimension... en plus de la longueur, de la largeur et de la profondeur ?

— Tout à fait. Tout d'abord, observez cette composition de portraits de moi. Vous en voyez trois, n'est-ce pas ? Sur le premier, j'ai cinq ans.

Trois dimensions : la longueur,
la largeur et la profondeur.

LA MACHINE À EXPLORER LE TEMPS

Et il pointa du doigt la première photo. Ensuite, vous me voyez à douze ans… et finalement, à vingt ans. Combien de dimensions voyez-vous?

— Toujours trois, les mêmes, répondit Filby. Ce cadre a une longueur, une largeur et une profondeur.

— Ah! sourit le Voyageur dans le temps, et c'est bien là l'erreur!

— Attendez un instant, intervint Manning. Je crois que je vois où vous voulez en venir. Est-ce que vous parlez du temps?

— Bravo! Exactement! s'exclama le Voyageur dans le temps. Le temps – la seule composante dont on se garde bien de nous parler au cours de géométrie – le temps est la quatrième dimension!

— Mais voyons, expliqua Perry, la raison pour laquelle on n'en parle pas est très claire. La longueur, la largeur et la profondeur sont des dimensions dans l'espace. Nous pouvons nous déplacer en avant et en arrière, en haut et en bas dans l'espace. Mais on ne peut se déplacer dans le temps!

« Le temps est la quatrième dimension ! »

LA MACHINE À EXPLORER LE TEMPS

– Faux, faux, ARCHIFAUX! s'écria le Voyageur dans le temps. En réalité... nous le pouvons!

– Que voulez-vous dire? demanda Filby en se levant. Je peux m'avancer vers cette porte puis m'en éloigner. Je peux monter ou descendre des escaliers, ou en ballon. Je peux me déplacer dans l'espace, mais je ne peux retourner à hier ou aller à demain. Personne ne le peut!

– Ça, c'est ce que vous pensez, dit calmement le Voyageur dans le temps. J'effectue des expériences sur le sujet depuis plusieurs années et aujourd'hui, je peux vous dévoiler ma formidable invention: il s'agit d'une machine qui peut voyager dans le passé ou le futur.

Tout le monde se mit à rire autour de la table.

– Impossible!

– Ridicule!

– Absurde!

– Ne riez pas, mes amis, les interrompit le Voyageur dans le temps. Ce n'est ni impossible, ni ridicule, ni absurde.

«Je peux me déplacer dans l'espace, mais…»

LA MACHINE À EXPLORER LE TEMPS

– Vraiment ? Alors pourquoi ne nous montrez-vous pas cette fameuse invention ? répondit Manning.

– Oui, allons voir cette fameuse machine, dit Filby, bien que je ne m'attende pas à grand-chose…

Le Voyageur dans le temps adressa un sourire à ses invités puis quitta la pièce. Ses amis entendirent des pas dans le couloir qui menait à son laboratoire.

Perry, perplexe, se tourna vers un convive :

– Je me demande ce qu'il nous prépare.

– Probablement un tour de magie quelconque…, répondit Manning.

Filby n'ajouta rien, mais sa curiosité allait croissant.

Leur hôte revint bien vite, tenant un petit objet brillant entre les mains. Il s'agissait d'une mécanique délicate en métal à peine plus grande qu'une petite horloge. On pouvait y voir des insertions d'ivoire et d'une substance cristalline et transparente.

Le Voyageur dans le temps déplaça une petite table octogonale près de la cheminée et y déposa le mécanisme. Il y avait également sur la table une petite lampe qui illumina aussitôt l'objet.

Le Voyageur souriait à ses invités.

LA MACHINE À EXPLORER LE TEMPS

Le Voyageur dans le temps observa d'abord ses invités, puis se tourna vers l'objet. Il commença :

– Je voudrais vous expliquer qu'il s'agit ici uniquement d'une maquette de ma Machine à explorer le temps. Remarquez la pièce scintillante qui clignote au-dessus de cette barre et ces deux petits leviers.

– C'est un objet magnifique, s'exclama Filby.

– J'y ai travaillé pendant près de deux ans, répliqua le Voyageur dans le temps. Ensuite, en montrant du doigt une espèce de selle, il expliqua :

– Voilà l'endroit où le Voyageur dans le temps s'assied.

Puis, pointant deux petits leviers :

– Ces deux petits leviers blancs contrôlent le temps. Le premier envoie la Machine dans le futur, l'autre dans le passé.

Tous les hommes se levèrent et se rassemblèrent autour de la table pour observer l'objet de près.

– Et quand pensez-vous tester votre invention ? demanda Perry.

**La maquette de la Machine
à explorer le temps.**

LA MACHINE À EXPLORER LE TEMPS

– Dans quelques secondes. Mais d'abord, je veux que vous observiez tout, très attentivement. Observez bien la table aussi. Je ne veux pas perdre ce modèle réduit puis vous entendre me traiter de charlatan, parce qu'une fois que la Machine aura disparu, elle sera à jamais dans le futur.

– Est-ce que vous allez réellement l'essayer ? demanda Manning.

– Bien entendu. Tout de suite d'ailleurs, et vous allez m'aider, comme cela, vous ne pourrez pas dire que je vous ai leurrés.

Le Voyageur dans le temps indiqua au psychologue l'endroit où il devait placer son index et comment actionner le levier. Toutes les personnes présentes virent le levier s'abaisser et constatèrent qu'il n'y avait pas de supercherie.

Soudain, un courant d'air s'échappa de l'objet et fit vaciller la flamme de la lampe. La petite machine oscilla, tourna sur elle-même, devint indistincte, prit l'apparence d'un fantôme, pour finalement disparaître complètement. Sur la table, il ne restait plus que la lampe !

Comment actionner le levier.

« Est-ce qu'elle se trouve sous la table ? »

Chapitre 2

Une arrivée tardive

— Çà alors ! s'exclama Filby, incrédule.

— Est-ce qu'elle se trouve sous la table ? demanda Manning en s'accroupissant sur-le-champ pour vérifier.

Toutes ces réactions amusèrent le Voyageur dans le temps.

— Allons, mon cher, dit le docteur Perry, vous croyez vraiment que votre engin est parti se promener dans le temps ?

— Bien sûr que je le crois, répondit le Voyageur dans le temps. Je ne me permettrais pas de vous faire perdre votre temps !

LA MACHINE À EXPLORER LE TEMPS

Manning essayait de faire croire qu'il n'était pas le moins du monde troublé par cette étrange disparition. Très calmement, il essaya d'allumer son cigare. Mais malheureusement, il avait oublié d'en couper le bout et éprouvait des difficultés.

– Est-ce que vous voulez suggérer que votre Machine s'est propulsée dans le futur ? demanda-t-il entre deux bouffées sans fumée.

– Dans le futur ou dans le passé – je ne sais pas, expliqua le Voyageur dans le temps. Vous voyez, elle ne s'est pas déplacée dans l'espace, seulement dans le temps. Étant donné qu'elle parcourt un grand laps de temps en une seconde, elle s'est doucement évanouie pour finalement disparaître complètement.

– Tout cela semble parfaitement plausible pour le moment, déclara le docteur, mais je me demande ce que nous en penserons demain, quand nous aurons recouvré notre bon sens.

– Est-ce que vous aimeriez voir la vraie Machine à explorer le temps ?

« Est-ce que la Machine est
partie dans le futur ? »

LA MACHINE À EXPLORER LE TEMPS

Toutes les personnes présentes crurent à une blague de leur hôte.

— Qu'est-ce que vous dites ? s'écria Manning.

— Vous n'êtes pas sérieux ? ajouta Perry.

— Quel sens de l'humour ! déclara Filby.

— Je vous en prie, suivez-moi ! proposa le Voyageur dans le temps.

Et, tenant sa lampe à la main, il s'engagea le premier dans le long couloir exposé aux courants d'air qui menait à son laboratoire.

Tous les hommes le suivirent, perplexes et incrédules, jusqu'au moment où leur hôte ouvrit fièrement la porte de son laboratoire et qu'ils eurent devant les yeux la version grandeur nature du petit mécanisme qui avait disparu devant leurs yeux dans le salon. Certains éléments de la Machine à explorer le temps étaient faits en nickel, d'autres en ivoire, d'autres encore étaient sculptés dans le cristal de roche.

L'engin semblait fin prêt. Il n'y manquait que les deux barres de cristal torsadées qui se trouvaient, presque terminées, sur un bureau rempli d'esquisses.

Filby prit une des barres et l'examina de plus près :

La Machine à explorer le temps.

LA MACHINE À EXPLORER LE TEMPS

— C'est du quartz, n'est-ce pas ? demanda-t-il.

Le Voyageur dans le temps acquiesça en souriant.

Filby s'adressa au Voyageur dans le temps :

— Êtes-vous vraiment sérieux cette fois, ou s'agit-il d'une supercherie comme ce fantôme que vous avez fait apparaître à l'Halloween ?

Le Voyageur dans le temps tint sa lampe bien haut et pointa son index :

— J'ai l'intention d'utiliser cette Machine pour explorer le temps, est-ce que c'est clair ? Et je n'ai jamais été aussi sérieux de ma vie !

La semaine qui suivit, Filby rencontra le docteur au Club :

— Que pensez-vous de ce que nous avons vu jeudi dernier ? lui demanda-t-il.

— Eh bien, vous savez comme moi que notre ami a toujours été un peu farfelu. Intelligent, certainement, mais il est bien difficile de le prendre au sérieux.

— Mais comment expliquez-vous la disparition de la maquette ?

— Oh ! c'est un très bon truc, s'exclama le docteur en riant. Ça m'en rappelle un autre

« J'ai l'intention d'utiliser cette
Machine pour explorer le temps. »

présenté à un spectacle de magie auquel j'ai assisté. Je ne peux expliquer ni l'un ni l'autre.

– Comptez-vous venir souper chez notre Voyageur dans le temps ce jeudi ?

– Oui, je pense bien. Je vous y verrai.

Le jeudi suivant, Filby arriva assez tard chez le Voyageur dans le temps. Il y trouva quatre hommes déjà réunis au salon. À côté du docteur Perry et de Manning, il reconnut immédiatement Clark, un éditeur, et Brice, un journaliste. Mais leur hôte, lui, était absent.

Perry se trouvait près de la cheminée, un papier dans une main et sa montre dans l'autre :

– Il est dix-neuf heures trente, dit-il, je suggère de passer à table.

– Sans notre hôte ? interrogea Filby.

Perry souleva la feuille de papier et expliqua :

– Il a laissé ce message pour le premier arrivé. Il y écrit qu'il sera peut-être en retard et demande de commencer à souper sans lui s'il n'est pas de retour à sept heures. Il ajoute qu'il nous donnera des explications à son arrivée.

Perry lut le message du Voyageur
dans le temps.

LA MACHINE À EXPLORER LE TEMPS

— En effet, il serait regrettable de gâcher ce gueuleton, dit Clark, qui ne donnait pas l'impression de sauter souvent un repas.

Le docteur sonna la cloche du souper et les hommes s'assirent autour de la table.

— Je me demande pourquoi il est en retard, s'interrogea Clark.

— Peut-être se promène-t-il dans le temps, répondit Filby en plaisantant.

— Que vous voulez dire ? demanda Brice

— Eh bien, vous voyez, commença Manning, la semaine dernière, il nous a fait un tour de magie très ingénieux avec un petit mécanisme qu'il appelait « Machine à explorer le temps » et...

La porte du couloir s'ouvrit lentement et sans bruit. Filby était assis juste en face et fut le premier à le remarquer :

— Finalement ! s'écria-t-il.

La porte s'ouvrit complètement et Filby le vit :

— Grand Dieu ! ajouta-t-il.

Le docteur Perry fut le second à le voir, ébahi.

Filby parla d'une voix entrecoupée :

— Mon Dieu ! Qu'est-ce qui vous est arrivé ?

« Qu'est-ce qui vous est arrivé ? »

Il avait l'air hagard et complètement vidé.

Chapitre 3

L'histoire du Voyageur dans le temps

Tous les convives se tournèrent vers la porte. Le Voyageur dans le temps se trouvait là, debout, dans un état pitoyable : les manches de son manteau poussiéreux étaient couvertes de taches vertes, ses cheveux semblaient plus gris qu'avant – mais Filby était incapable de dire si c'était la couleur qui avait changé ou si c'était seulement l'effet de la poussière – son visage semblait livide comme celui d'un fantôme. On pouvait distinguer une coupure à demi refermée à son menton. Il avait l'air hagard et complètement vidé, comme s'il venait de connaître une souffrance intense.

LA MACHINE À EXPLORER LE TEMPS

Il hésita un instant avant d'entrer, sans doute ébloui par la clarté. Puis il se traîna péniblement jusqu'à la table en boitant et s'assit.

Il montra la bouteille de vin sans dire un mot. Clark remplit une coupe de champagne et la lui présenta. Le Voyageur dans le temps la vida jusqu'à la dernière goutte et parut se sentir mieux, car son regard fit le tour de la table et l'ombre de son sourire habituel revint sur ses lèvres.

— Que diable a-t-il pu vous arriver, mon ami ? demanda le docteur.

— Faites comme si je n'étais pas là, dit le Voyageur dans le temps en haletant. Il tendit son verre pour qu'on le remplît une nouvelle fois et le but d'un trait :

— Ça fait du bien, déclara-t-il.

Ses yeux se mirent à briller et ses joues reprirent des couleurs :

— Je vais me laver et m'habiller, dit-il lentement. Ensuite, j'essaierai de vous expliquer ce qui m'est arrivé... Gardez-moi un peu de mouton, s'il vous plaît, je meurs littéralement de faim.

Clark remplit le verre du Voyageur
dans le temps.

LA MACHINE À EXPLORER LE TEMPS

Il déposa son verre, sortit et monta les escaliers.

Une fois de plus, Filby fut frappé par sa démarche et son pas traînant et silencieux. Il regarda plus attentivement les pieds de son hôte : il n'avait pas de chaussures, seulement une paire de chaussettes en lambeaux et tachées de sang !

Filby le suivit du regard pour s'assurer qu'il n'avait pas besoin d'aide. Mais il se souvint combien son ami détestait qu'on s'occupe de lui et il se força à porter son attention à la table.

— Qu'est-ce qui se passe ? demanda Brice. Est-ce qu'il a joué au clochard amateur ? Je n'y comprends rien.

— J'ai l'impression qu'il y a là un rapport avec la Machine à explorer le temps, répondit Filby, et il continua le récit de la rencontre de la semaine précédente que Manning avait commencé.

L'expression sur les visages des nouveaux invités affichait une incrédulité complète.

— Vous pensez qu'il a voyagé dans le temps ? s'exclama Clark. Vous avez vu la poussière sur ses vêtements ? Est-ce qu'on peut se retrouver dans un tel état en explorant une théorie scientifique ?

Filby remarqua ses chaussettes
en lambeaux et tachées de sang.

Brice, le journaliste, ajouta en riant:

— Ils n'ont pas de brosses à habits dans le futur?

— Et voici maintenant un reportage exclusif de notre envoyé spécial dans le futur! claironna Clark, l'éditeur, en portant ses mains à sa bouche comme pour jouer de la trompette.

Tout le monde se mit à rire de manière hystérique.

À ce moment, le Voyageur dans le temps revint dans la pièce, portant cette fois ses vêtements habituels. Son regard était resté hagard.

— Dites donc, dit Clark gaiement, vos amis me disent que vous vous êtes baladé au milieu de la semaine prochaine! Racontez-nous un peu vos aventures!

Le Voyageur dans le temps s'assit tranquillement et sourit:

— Où est ma part? demanda-t-il finalement.

— Racontez-nous votre histoire! insista Brice.

— Un instant, répondit le Voyageur dans le temps. Je veux quelque chose à manger. Je ne dirai pas un mot tant que je n'aurai pas remis un peu de peptones dans mon organisme.

« Et voici un reportage exclusif de
notre envoyé spécial dans le futur ! »

– Rien qu'un mot, supplia Filby. Avez-vous voyagé dans le temps ?

– Oui, répondit-il la bouche pleine.

Un certain malaise persista pendant tout le reste du souper. Personne ne parla avant que le Voyageur dans le temps n'eût terminé et qu'il eût repoussé son assiette.

– J'imagine qu'il me faut m'excuser, dit-il. J'étais affamé. Je viens de vivre des choses incroyables.

Il prit un cigare et en coupa le bout.

– Passons au fumoir. Mon histoire est trop longue à raconter devant des assiettes sales…

Il sonna pour que le personnel de maison commence à débarrasser, puis il précéda ses invités dans la pièce attenante.

– Leur avez-vous parlé de ma Machine ? demanda-t-il à Filby en indiquant les nouveaux invités.

– J'ai essayé, avoua-t-il.

– Mais c'est tout simplement impossible ! s'écria Clark.

– Je n'ai pas envie de discuter ce soir, déclara le Voyageur dans le temps. Je veux bien vous raconter

Il était maintenant prêt
à raconter son histoire.

mon histoire, mais je ne suis pas en état de discuter aujourd'hui. Je vais vous raconter ce qui m'est arrivé, mais je vous demanderai de ne pas m'interrompre.

Personne ne pipa mot.

— J'étais dans mon laboratoire, cet après-midi à quatre heures. Depuis, j'ai vécu huit jours tels qu'aucun autre être humain n'en a jamais vécu auparavant.

— Huit jours en un ? Comment est-ce possible ? interrogea Brice.

— Écoutez, j'ai vraiment envie de vous raconter mon histoire, même si je sais que la plus grande partie va vous sembler inventée de toutes pièces. Pourtant, je vous assure que tout est vrai, chaque fait, chaque mot. Acceptez-vous de ne pas m'interrompre ?

— Nous acceptons, répondirent les invités en chœur.

Le Voyageur dans le temps s'enfonça dans son fauteuil comme un vieil homme fatigué. La lumière d'une petite lampe brillait sur son visage blanc et sincère. Il était très ému quand il commença à parler...

« Je vous demanderai de
ne pas m'interrompre. »

Il raconta son histoire.

Chapitre 4

Atterrissage en l'an 802 701

La plupart des invités se trouvaient dans l'ombre, parce que les bougies du fumoir n'avaient pas été allumées. La petite lampe n'illuminait que le visage grave du conteur, le visage perplexe du journaliste et le bas des grosses jambes de l'éditeur.

Lorsque le Voyageur dans le temps commença à parler, les hommes s'échangèrent un regard en coin de temps en temps. Cependant, après un petit moment, ils ne regardèrent plus que le visage du Voyageur dans le temps. Voici son histoire, telle qu'il l'a lui même racontée, avec ses propres mots :

LA MACHINE À EXPLORER LE TEMPS

« Lorsque je fus prêt à essayer ma Machine, je me sentais un peu comme quelqu'un qui voulait se suicider. Il était dix heures du matin dans le couloir qui mène à mon laboratoire. Je donnai un dernier petit coup à la Machine, je vérifiai une dernière fois tous les écrous et j'ajoutai une goutte d'huile sur la tringle de quartz. Puis je m'assis sur la selle. Je me dis tout bas :

– Ça y est, c'est le moment !

Je pris le levier de mise en marche dans une main et celui d'arrêt dans l'autre. Puis je tirai sur le premier et presque immédiatement sur le second. Je me sentis trembler, puis j'eus l'impression de chanceler... de tomber comme dans un cauchemar. C'était tout. Je ne sais pas combien de temps cela a duré.

– Qu'est-ce que c'est ? me demandai-je en me réveillant. Dans le laboratoire, rien n'a changé. Ne s'est-il donc rien passé ?

C'est alors que je remarquai la pendule. Il y a un instant, elle indiquait dix heures une ou deux minutes et maintenant, elle indique presque trois heures trente.

« Ça y est, c'est le moment ! »

LA MACHINE À EXPLORER LE TEMPS

– J'ai réussi! J'ai réussi! me dis-je en moi-même. La Machine m'a transporté dans la quatrième dimension – le temps!

Je pris une grande respiration, serrai les dents et, cette fois, pris le levier de mise en marche des deux mains. Il y eut d'abord une espèce de brume dans le laboratoire puis tout devint noir.

Je tirai sur le levier le plus loin que je pus. La nuit arriva, puis le jour suivant. Le laboratoire devint de plus en plus confus et brumeux.

La nuit suivante arriva, très noire, puis le jour à nouveau, et ainsi de suite, la nuit, le jour... toujours plus vite. J'avais l'impression de tomber dans le vide, la tête la première, sans pouvoir rien faire, comme si le laboratoire était en train de se désintégrer.

Plus tard, je me rendis compte que le laboratoire avait disparu en même temps que toute la maison et je me trouvais maintenant à l'extérieur, à l'endroit même où cette maison s'était un jour trouvée. Les jours et les nuits continuaient à défiler, aussi vite qu'un battement d'ailes.

« J'ai réussi ! J'ai réussi ! »

Puis je vis le soleil rebondir rapidement dans le ciel, à chaque minute.

– Comme je voyage vite, me dis-je en moi-même, chaque minute marque une journée entière.

Le scintillement entraîné par la succession rapide des jours et des nuits faisait souffrir mes yeux. Je vis défiler toutes les phases de la lune, de la nouvelle à la pleine, et je crus entrevoir faiblement les révolutions d'étoiles.

– Il est complètement incroyable que je n'aie absolument pas bougé dans l'espace, continuais-je de me répéter.

En fait, je me trouvais toujours sur le flanc de la colline sur laquelle est bâtie la maison où nous nous trouvons actuellement. C'était le fait de voyager dans le temps qui transformait les jours et les nuits en grisaille permanente, le soleil en une coulée de feu et la lune en une espèce de bande ondoyante.

Je vis des arbres croître et changer à la vitesse de l'éclair – ils étaient verts, brunissaient, s'épanouissaient et mouraient. Je vis des édifices

« Je vis défiler toutes les phases de la lune. »

s'élever, hauts et fiers, puis disparaître comme dans un rêve.

Mon compteur tournait de plus en plus vite. Le soleil montait et descendait, montait et descendait à une telle vitesse que je savais que je me déplaçais à plus d'une année la minute.

L'an 1900... L'an 2000... L'an 10 000... L'an 50 000...

Au début, je ne songeais même pas à m'arrêter. Mais à un moment donné, toutes sortes d'idées me traversèrent l'esprit.

L'an 100 000... L'an 200 000... L'an 500 000...

— Je me demande ce qui est arrivé à l'espèce humaine. Quels merveilleux progrès notre civilisation a-t-elle réalisés?

Ensuite, je commençai à redouter quelque catastrophe lors de mon atterrissage.

— Que va-t-il se passer si un immeuble ou un quelconque autre objet se trouve aujourd'hui à l'emplacement qu'occupait mon laboratoire? Est-ce qu'une collision nous entraînera, ma Machine et moi, dans le néant?

L'an 500 000.

LA MACHINE À EXPLORER LE TEMPS

Finalement, saturé par les émerveillements, les inquiétudes et les sensations successives, saisi d'une impatience frénétique, je tirai vigoureusement sur le levier du frein.

L'écran du temps indiquait l'an 802 701. La Machine culbuta sur le côté et se mit à faire des tonneaux. Dans un bruit de tonnerre, je fus propulsé dans les airs.

Je pense avoir perdu connaissance pendant un moment. Je me souviens de m'être retrouvé étendu sur une pelouse en face de ma Machine renversée. Tout autour de moi, la grêle s'abattait sur le sol comme de la fumée. En un rien de temps, je fus complètement trempé.

Tout ce que je pouvais voir à travers ce rideau d'eau, c'était des rhododendrons mauves et une colossale figure en marbre blanc.

— C'est une statue d'une belle taille, pensai-je, à en juger par les bouleaux qui se trouvent à côté et qui ne lui arrivent qu'à l'épaule.

La statue en question ressemblait à un sphinx avec des ailes énormes. Ses yeux éteints semblaient

Il fut projeté en l'an 802 701.

m'observer. Il avait sur les lèvres un semblant de sourire. Le piédestal sur lequel il reposait était en bronze couvert d'une épaisse couche de vert-de-gris.

De nouvelles craintes me vinrent à l'esprit :

— Qu'avait-il pu arriver à l'être humain ? Est-ce qu'il n'était pas devenu cruel et insensible ? Peut-être que les habitants me prendront pour un sauvage d'une autre espèce ? Et s'ils me prennent pour un animal, une créature répugnante à exterminer immédiatement ?

Lorsque la grêle cessa et fit place à un magnifique ciel bleu d'été, je pus distinguer d'autres formes imposantes — des édifices immenses avec de grandes colonnes. Je fus pris de panique.

— Il faut que je te remette sur pied et que nous déguerpissions d'ici au plus vite ! murmurai-je à ma Machine.

M'agrippant avec force des mains et des pieds, je réussis enfin à la redresser. Cependant, au passage, j'écorchai mon menton qui en garda une cicatrice assez profonde. Alors que j'étais sur le point d'embarquer et de décoller, le courage me revint.

Il regarda autour de lui avec curiosité.

LA MACHINE À EXPLORER LE TEMPS

Je jetai un ultime coup d'œil sur ce monde du futur avec plus de curiosité et moins de crainte. Tout en haut, sur le mur de l'édifice le plus proche, se trouvait une fenêtre arrondie. À l'intérieur, un groupe de personnes, revêtues de robes riches et soyeuses, m'observaient.

J'entendis alors des voix provenant d'une autre direction et je vis des hommes sortir en courant des massifs qui entouraient le Sphinx blanc. L'un d'entre eux prit un sentier qui menait directement à la pelouse sur laquelle je me trouvais avec ma Machine.

C'était une créature délicate, haute d'environ quatre pieds et vêtue d'une tunique pourpre et de sandales en cuir. Ses doux cheveux blonds formaient des boucles autour de son visage. Je fus frappé par l'aspect de cette créature étonnamment belle mais frêle : ses joues roses donnaient l'impression d'un être plutôt malade qu'en bonne santé.

— Ces créatures ne représentent pas une menace pour moi, me dis-je en reprenant confiance.

Il rencontra des créatures
gracieuses et fragiles.

LA MACHINE À EXPLORER LE TEMPS

Sans hésiter, le jeune homme s'avança droit vers moi et me rit au nez. Puis il se retourna et s'adressa aux deux hommes qui l'accompagnaient dans un langage étrange mais doux à l'oreille. Eux aussi riaient.

Je les laissai s'approcher et me toucher la main. Ils passèrent leurs petites mains roses sur mon dos et mes épaules.

Ils avaient l'air de vouloir s'assurer que le géant qu'ils avaient en face d'eux était bien réel.

Mais quand ils firent mine de tâter ma Machine à explorer le temps, je les en empêchai:

— Stop, dis-je, ça, ça dépasse les limites! C'est mon billet de retour à mon époque!

Cela me rappela un danger que j'avais complètement négligé. Il ne fallait pas que quiconque utilise la Machine en mon absence. Et je me dis qu'il valait mieux ne prendre aucun risque.

J'atteignis les barres de la Machine et dévissai les petits leviers qui l'auraient fait démarrer. Je les plaçai en sécurité dans ma poche.

Il désactiva les leviers de démarrage
de la Machine.

Ils avaient de grands yeux
mais leur regard était terne.

Chapitre 5

D'étranges petites créatures

Maintenant que j'avais l'occasion d'examiner ces hommes du futur de plus près, je notai quelques détails étranges : leur chevelure uniformément bouclée se terminait brusquement dans la nuque et sur les joues, leur visage de type asiatique ne portait pas le moindre indice de système pileux, leurs oreilles étaient singulièrement menues, leur menton était pointu et leur bouche petite avec de fines lèvres rouge vif. Ils avaient de grands yeux mais leur regard était terne, comme si le monde qui les entourait leur importait peu.

LA MACHINE À EXPLORER LE TEMPS

Ils se bornaient à sourire, parler doucement et gazouiller entre eux. Il était évident que c'était à moi d'engager la conversation, si du moins je souhaitais une quelconque communication.

J'eus l'idée de commencer par mon point fort. Je pointai l'index en direction de ma Machine :

– Machine à explorer le temps, dis-je.

Ensuite, je touchai mon torse.

– Moi – venu – dans – Machine.

Aucune réponse. Pour exprimer l'idée du temps, je leur montrai le soleil.

– Soleil, dis-je. Vous savez, les planètes tournent sans arrêt. Elles forment les jours, les mois, les années.

Silence. À ce moment, un des petits êtres vêtus de pourpre s'avança et pointa la main en direction du ciel.

– Nous sommes en 802 701, pensai-je, l'être humain doit être devenu superintelligent. Peut-être lit-il dans mes pensées et traduit-il instantanément ma langue.

J'avais hâte d'entendre ce qu'il allait dire. Je m'interrogeai :

Il pointa vers le soleil.

LA MACHINE À EXPLORER LE TEMPS

– Quelle magnifique preuve de connaissance dans les arts, la science ou l'univers ses commentaires vont-ils révéler ?

Mais, à ma très grande déception, il ne fit que pointer à son tour le soleil et imiter le bruit d'un coup de tonnerre.

Mon Dieu ! Sa réaction m'indiquait qu'il avait le niveau intellectuel d'un enfant de cinq ans. Il voulait savoir si j'étais venu du soleil avec l'orage !

L'espace d'un instant, je crus bien avoir construit la Machine à explorer le temps pour rien.

– Voilà donc l'homme du futur, pensai-je, un corps petit et délicat, et un cerveau de bébé !

J'acquiesçai, montrai le soleil du doigt et émis un gros coup de tonnerre. J'y parvins si parfaitement que, surpris, ils reculèrent de quelques pas et se courbèrent. Alors, l'un d'eux revint vers moi en riant, portant une guirlande de fleurs magnifiques et entièrement nouvelles pour moi. Il me la passa autour du cou tandis que les autres gazouillaient et applaudissaient.

Une magnifique guirlande de fleurs.

Alors, ils se mirent tous à aller et venir avec des fleurs et me les passaient autour du cou en riant jusqu'à ce que j'étouffe presque dans le plus fantastique bouquet que j'aie jamais vu.

De toute évidence, ces fleurs colorées et délicates étaient le résultat de plusieurs siècles de bons soins. Je m'émerveillai devant tant de formes et de couleurs : des arrondis bleu-vert, des triangles rose-orange, des boules jaunes. Le parfum qu'elles dégageaient ressemblait à ce qu'on peut sentir dans une parfumerie dont tous les flacons seraient dévissés.

À un moment, l'un d'eux dut avoir décidé qu'il fallait me présenter à tout le monde. Ils m'emmenèrent donc lentement vers un grand édifice de pierre grise effritée de l'autre côté du Sphinx blanc.

Des milliers de petites créatures identiques étaient rassemblées autour des portes énormes qui s'ouvrirent devant moi, obscures et mystérieuses.

En passant dessous, je me rendis compte que l'arche de l'entrée était richement sculptée de

Des gravures anciennes
ornaient l'arche d'entrée.

gravures anciennes. Ces gravures étaient usées et mutilées par le temps.

— On dirait que cet endroit a connu des jours meilleurs, me dis-je.

Le grand portail s'ouvrit sur un vaste couloir dont le haut plafond était dans l'obscurité.

Les fenêtres étaient garnies en partie de vitraux colorés laissant passer une lumière délicate. Le sol était formé de gros blocs d'un métal très blanc et dur.

— Ce couloir est très abîmé par les pas. Plusieurs générations de petits hommes doivent avoir vécu ici, pensai-je en jetant un coup d'œil aux chemins les plus usés.

La pièce était remplie de tables de pierre polie très longues et hautes d'un peu plus d'un pied. Une multitude de coussins étaient éparpillés tout autour et les petits êtres qui m'avaient emmené ici s'assirent et me firent comprendre d'en faire autant, ce que je fis.

J'observai attentivement le monde qui m'environnait et restai ébahi par son apparence délabrée :

Il fut invité à s'asseoir.

les vitraux étaient craquelés en plusieurs endroits, les rideaux étaient couverts de poussière, les coins des tables en marbre étaient ébréchés.

En toute simplicité, les petits hommes se jetèrent sur les fruits disposés sur les tables. Ils mangeaient avec les mains et jetaient les pelures et noyaux dans les ouvertures arrondies qui se trouvaient aux extrémités des tables.

— On dirait qu'on pique-nique tous les jours ici, dis-je. Enfin, puisque je meurs de faim et de soif, je suis de la partie. Merci.

Sauf pour quelques espèces de framboises et d'oranges hypertrophiées, tous les fruits que je goûtai m'étaient inconnus. Après avoir avalé une substance qui ressemblait à du coton bleu, une espèce de fil violet et des petits cœurs verts, je me sentis rassasié.

— C'est délicieux ! dis-je en levant une sorte de cosse triangulaire. Comment appelez-vous ce fruit ?

Ma remarque les fit rire et ils continuèrent à manger.

Ils mangeaient avec les mains.

Je découvris plus tard qu'ils se nourrissaient exclusivement de fruits. Je réfléchis :

— Ils sont probablement devenus végétariens parce que les chevaux, les bœufs, les moutons, les chiens, les oiseaux et les poissons ont disparu.

Je décidai que la prochaine étape serait d'apprendre leur langage. Ce fut en réalité beaucoup plus difficile que je ne l'imaginais.

En prenant un fruit dans ma main, je demandai de nouveau :

— Comment appelez-vous ce fruit ?

Je ne reçus en réponse que des regards interrogatifs.

Je pris un autre fruit et répétai :

— Comment appelez-vous ce fruit ?

Je fronçai même les sourcils pour accentuer mon air interrogateur. Sans aucun résultat, sauf, à nouveau, des regards et des rires.

Finalement, une de ces créatures s'approcha et murmura :

— *Glinna*.

— *Glinna*, répétai-je rapidement.

Ils commencèrent à discuter et expliquer :

« Comment appelez-vous ce fruit ? »

— *Glinna, glinna, glinna...* répétaient-ils chacun à leur tour, à grand renfort de rires et de gestes.

Ma première tentative d'imiter les petits sons exquis de leur doux langage déclencha un éclat de rire général. C'était une situation cocasse.

J'étais là en train d'apprendre quelque chose, mais en réalité, je me sentais plutôt comme un maître d'école devant une classe d'enfants indisciplinés.

Malgré tout, je tins bon, si bien qu'après quelque temps, je réussis quand même à prononcer quelques mots dans leur langage : *arla, arna* et, surtout, *numnee* – « ceci », « cela » et « manger ».

J'avais beaucoup de mal à attirer leur attention. De ma vie entière, je n'avais jamais rencontré des gens aussi paresseux et aussi peu endurants. J'étais tout aussi surpris de leur manque complet d'intérêt. Moi, un être étrange et différent, j'avais été parachuté dans leur vie et ils ne me prêtaient aucune attention. Oh! bien sûr, ils m'avaient regardé avec des cris de surprise, mais, très vite, comme des enfants lassés d'un nouveau jouet, ils étaient partis à la recherche de quelque chose de plus intéressant.

Une soirée calme.

LA MACHINE À EXPLORER LE TEMPS

Lorsque je sortis du long couloir, le calme du soir descendait sur le monde, illuminé par les chaudes rougeurs du soleil couchant.

— Il faudrait que je jette un coup d'œil sur notre planète en l'an 802 701, pensai-je.

Et je décidai de gravir une colline située à un mille et demi environ. Tout ce que je voyais semblait si différent. Même la Tamise, si proche de ma maison à Richmond, semblait avoir reculé d'un mille de sa position actuelle.

Un peu plus haut sur la colline, je trouvai devant moi un énorme amas de blocs de granit reliés par des masses de métal – les ruines d'une structure très grande. Au milieu de ces murs effrités, je pouvais voir de magnifiques buissons aux feuilles brunes taillés en forme de pagode.

— À quoi pouvait bien servir cette construction à l'origine ? me demandai-je.

Bien que je l'ignorais complètement à ce moment-là, c'était pourtant à cet endroit précis que j'allais vivre une expérience incroyable et connaître le premier indice d'une découverte encore plus inimaginable – mais laissons cela pour plus tard…

Un énorme amas de blocs de granit
reliés par des masses de métal.

Il était perdu dans ses pensées.

Chapitre 6

La Machine à explorer le temps a disparu

Alors que je me reposais sur le flanc de la colline, je réalisai soudain que je n'avais vu aucune maison, seulement d'immenses édifices comparables à des palais. Est-ce que la maison isolée et peut-être même la famille avaient disparu?

En regardant de plus près quelques-unes des créatures qui m'avaient suivi, je réalisai qu'il y avait une autre différence considérable par rapport à notre époque: tous ces êtres avaient exactement les mêmes petits membres arrondis et des visages imberbes, et ils portaient tous le même genre de tunique soyeuse.

LA MACHINE À EXPLORER LE TEMPS

En les observant, je constatai qu'on ne pouvait distinguer les hommes des femmes. Quant aux enfants, ils semblaient être tout simplement des copies conformes de leurs parents en miniature.

J'essayai de comprendre comment cette identité des sexes avait pu naître. Peut-être était-ce parce qu'ils vivaient une vie facile et paisible. Je me dis :

— C'est seulement dans un contexte de violence que les hommes doivent être de solides guerriers et les femmes de douces fées du logis. Mais là où la violence est rare et où la propagation de l'espèce n'est pas compromise, il y a moins de nécessité d'une famille effective et la spécialisation des sexes par rapport aux besoins des enfants disparaît.

Ces idées semblaient convaincantes, mais très vite, j'allais découvrir jusqu'à quel point mes belles conclusions étaient éloignées de la réalité.

Je franchis le sommet de la colline et remarquai au passage une espèce de puits surmonté d'une coupole.

Je me souviens m'être étonné que cette ancienne façon de se procurer de l'eau ait survécu.

Un puits surmonté d'une coupole.

LA MACHINE À EXPLORER LE TEMPS

Tout en haut de la colline, je découvris un siège forgé dans un métal jaune que je ne reconnaissais pas. Le métal était piqué d'une sorte de rouille rosâtre et à moitié recouvert de mousse molle. Les deux accoudoirs modelés et polis représentaient une tête de griffon – cet animal mythologique n'est rien de moins qu'un monstre avec la tête, les ailes et les serres d'un aigle, et le corps et les pattes arrière d'un lion.

Je le voyais parfaitement de l'endroit où je me trouvais. Le soleil avait franchi l'horizon et ce côté du ciel avait une couleur d'or flamboyant entrecoupé par des barres horizontales de pourpre et d'écarlate. Plus bas, on voyait la vallée de la Tamise, dans laquelle le fleuve coulait comme un lacet d'acier brûlant.

En scrutant le paysage de verdure qui m'entourait, je vis de magnifiques palais, certains en ruines, d'autres qui semblaient habités. Ici et là s'élevaient d'immenses statues blanches ou argentées. Mais il n'y avait pas de maisons, pas de haies ou de clôtures pour délimiter les

Un étrange siège forgé dans
un métal jaune inconnu.

propriétés privées, et aucune trace d'élevage ou d'agriculture.

La terre était devenue un immense jardin sauvage. Et à nouveau, je me demandai : « Qu'est-il arrivé à l'espèce humaine ? » En tout cas, elle avait l'air d'être sur le déclin, même si l'homme avait dû atteindre un point culminant de ses connaissances : il avait réussi à éradiquer les maladies et à créer les plantes parfaites pour se nourrir facilement, puisque je n'avais encore vu aucune mauvaise herbe ni aucun insecte.

— Il y a quand même un mystère ici, me dis-je. Comment ces petites créatures peuvent-elles être si bien vêtues alors que personne ne travaille ? Il n'y a aucun moyen de transport et pas de trafic non plus. Et que sont devenus les magasins et les usines si importants à mon époque ?

Maintenant, alors que je me trouvais dans cette réflexion, une question en entraînait une autre :

— Comment les habitants de la Terre ont-ils pu devenir si flegmatiques et dépourvus de cervelle ?

Une question en entraînait une autre.

Je ne pouvais que deviner la réponse :

– Le fait de ne pas travailler a dû détruire l'humanité. Pour être fort, énergique et intelligent, l'homme a besoin de se battre, de faire face à l'épreuve !

Comment expliquer ces petites créatures, alors ?

– Dans un monde où il ne fallait combattre ni guerres, ni animaux, ni maladies, les hommes les plus faibles ont survécu aux plus forts parce que, moins nerveux, ils vivaient une vie d'oisiveté perpétuelle.

Il me sembla que même l'esprit artistique de l'homme avait disparu, car je n'avais vu aucune peinture, aucune fresque, aucune sculpture moderne. Je n'avais entendu aucun instrument mélodieux ni aucun chant. Tout ce qui restait de l'art, c'était ces petites créatures qui s'ornaient de fleurs et chantaient et dansaient dans les rayons du soleil.

Quelle explication simple et crédible ! Il n'y avait qu'un problème : elle était tout à fait

Voilà tout ce qui restait de l'art !

fausse! Eh oui, j'étais sur le point de découvrir l'incroyable et terrible vérité!

Alors que je m'apprêtais à redescendre de la colline et que la pleine lune apparaissait, je remarquai que, dans la vallée, les petites créatures avaient cessé de bouger. Je cherchais l'édifice que je connaissais et mes yeux s'arrêtèrent sur le Sphinx blanc sur le piédestal en bronze. Mais il y avait quelque chose qui clochait! Je voyais bien le bouleau et les rhododendrons, noirs maintenant dans la pâle lumière du soir. Je voyais aussi la pelouse où j'avais atterri. Mais était-ce bien cette pelouse?

– Non, m'écriai-je! Non, ce ne peut pas être la même pelouse...

Pourtant, c'était bien elle, mais ma Machine à explorer le temps avait disparu!

– Oh non, ce n'est pas vrai, je ne peux pas rester dans ce monde de fous! pensai-je en dévalant la côte à toutes jambes.

Je fis une chute et me blessai au visage, mais je me relevai à toute vitesse et continuai ma

Il dévala la colline et tomba.

course, oubliant le sang qui me coulait sur la figure et le menton. Je pense avoir parcouru les deux milles qui séparaient le sommet de la colline et la pelouse en dix minutes.

Je contournai les buissons de rhododendrons et, furieux, je finis par m'arrêter, en m'arrachant les cheveux de désespoir. Juste au-dessus de moi, le grand Sphinx blanc semblait sourire comme s'il me narguait.

— Ma Machine, pleurai-je. Comment cette énorme machine a-t-elle pu disparaître?

J'arrêtai de paniquer et essayai de réfléchir calmement. Peut-être que les Éloïs, car c'est le nom de ces petites créatures, avaient voulu m'aider en déplaçant ma Machine dans un endroit protégé. Mais je savais très bien qu'ils n'avaient ni le cerveau ni les muscles pour cela.

— Elle ne peut pas être partie, puisque c'est moi qui ai les leviers.

Je fouillai nerveusement dans ma poche en faisant face à la terrible réalité: quelqu'un ou

« Ma Machine ! »

quelque chose que je n'avais pas encore rencontré s'était emparé de mon invention.

Je pense que j'ai failli devenir fou à ce moment-là. Je me souviens être allé et venu vers tous les buissons qui entouraient le Sphinx en hurlant:

— Où est ma Machine? Où est ma Machine?

J'ai aperçu un animal blanc que je pris pour un petit cerf. Puis, sanglotant et divaguant, je me dirigeai vers le grand édifice de pierre.

Le grand couloir était sombre, silencieux et désert. Je trébuchai sur une irrégularité du plancher et je tombai sur une petite table en marbre, me fendant quasiment le menton. Je grattai une allumette et entrai dans un deuxième couloir où une vingtaine de petites créatures étaient allongées sur des coussins.

— Où est ma Machine à explorer le temps? criai-je à tue-tête en les attrapant et en les secouant. Que j'ai été stupide!

Quelques-uns riaient alors que d'autres avaient l'air effrayé. Cela me surprit d'ailleurs, puisque je pensais qu'on avait oublié la peur à cette époque.

«Où se trouve ma Machine à
explorer le temps ?»

LA MACHINE À EXPLORER LE TEMPS

Je m'enfuis dans la nuit en pleurant et en hurlant :

– Mon Dieu! Comment avez-vous pu me faire ça? Est-ce cela mon destin : être comme une bête curieuse dans un monde inconnu?

Je m'étendis à terre à côté du Sphinx blanc en sanglotant jusqu'à ce que je finisse par m'endormir.

Lorsque je me réveillai, mon humeur avait changé. Dans la fraîcheur du matin, je me sentais toujours triste, mais plus calme. Mes idées étaient plus claires et j'étais déterminé à mettre des plans au point.

Peut-être même que dans le pire des cas, je serais capable de trouver le matériel nécessaire à la fabrication d'une autre Machine à explorer le temps. Mais avant toute chose, il me fallait être certain qu'elle n'avait pas été enlevée et cachée. Si cela était le cas, je devais trouver cette cachette et récupérer mon bien – que ce soit par la ruse ou par la force!

Il finit par s'endormir.

Il se pencha au-dessus d'un
de ces puits ronds à coupole.

Chapitre 7

Weena des Éloïs

Au cours de mes recherches, je vis plusieurs de ces puits ronds surmontés d'une coupole. Je me penchai au-dessus de l'un d'eux, mais ne parvins pas à voir le fond. Cependant, j'entendis un bruit sourd comme celui d'un moteur qui tourne.

Je me dis:

— Ma Machine à explorer le temps ne peut pas se trouver là, en bas. L'ouverture est trop étroite. Interroger les Éloïs à ce sujet serait complètement inutile: ce serait une pure perte de temps puisque, ou bien ils ne comprennent pas mes gestes, ou bien ils rient de moi comme si j'étais un clown.

LA MACHINE À EXPLORER LE TEMPS

En fait, l'observation du sol m'apporta plusieurs indices : je pus y découvrir que la Machine avait été tirée. Je pouvais aussi distinguer des traces de pas, des traces particulièrement petites, comme celles d'un petit singe. Les traces menaient au piédestal du Sphinx blanc et là, une surprise intéressante m'attendait :

– Il y a de grands panneaux qui s'ouvrent de chaque côté du piédestal, m'écriai-je. Ce sont des portes qui s'ouvrent de l'intérieur. Voilà où se trouve ma Machine. Il faut que je pénètre à l'intérieur. Mais comment ?

Je vis un groupe de petites créatures et leur fis signe en leur demandant :

– Comment puis-je ouvrir ces portes ?

Leur réaction me surprit : ces visages qui semblaient uniquement capables de rire et de chanter s'étaient subitement couverts d'une expression d'horreur.

Je tapai du poing sur les panneaux de la porte. Un moment, je crus bien entendre un petit rire étouffé à l'intérieur, mais rien ne se produisit.

« Il faut que je pénètre à l'intérieur,
mais comment ? »

LA MACHINE À EXPLORER LE TEMPS

Je courus jusqu'à la rivière pour trouver une pierre, puis je tapai encore plus énergiquement contre la porte au point d'en égratigner légèrement la surface... sans plus de résultats.

— Bien, me dis-je, tu n'obtiendras rien de cette manière. Retrouve ton calme et réfléchis. Observe le monde où tu es arrivé et apprends ses usages. Ne saute pas à des conclusions hâtives et peut-être que tu trouveras quelques indices.

Ainsi, je décidai d'apprendre de nouveaux mots dans leur langage, mais c'était ridicule – leur vocabulaire était aussi limité que leur esprit.

Alors, je me fis une amie. Voici comment cela se produisit.

Un beau jour, quelques Éloïs se baignaient à un endroit relativement profond de la rivière. Tout à coup, une jeune baigneuse eut des problèmes. Elle semblait être victime d'une crampe et le courant l'emportait à vive allure.

Elle poussa de petits cris mais personne ne se porta à son secours. Les autres continuèrent à nager et jouer dans l'eau comme si elle n'existait pas.

Personne ne tenta de la sauver.

LA MACHINE À EXPLORER LE TEMPS

– Hé ! Regardez donc, m'écriai-je, assis sur le banc. Elle se noie, elle a besoin d'aide !

Je ne parvenais pas à le croire. Elle était là, sur le point de se noyer devant leurs yeux, et ils l'ignoraient tout simplement. Quelles créatures insensées !

– Ne pleure plus, ma petite, je vais te sauver, lui criai-je, en espérant que ma voix la rassure même si elle ne comprenait pas ce que je disais.

J'ôtai rapidement ma veste et m'avançai dans l'eau, un peu plus en aval. Je pus assez facilement attraper la pauvre enfant emportée par le courant et la ramener sur la terre ferme. Je frictionnai vigoureusement ses bras et ses jambes, et elle revint très vite à elle.

Je dois avouer que l'opinion que je m'étais forgée de ces gens était tellement médiocre que je ne m'attendais à aucune marque de gratitude de sa part. Une fois de plus, je me trompais.

Plus tard, ce même jour, alors que je venais d'explorer l'endroit, la petite femme que j'avais sauvée m'attendait.

Il ramena la jeune femme saine
et sauve sur la rive.

LA MACHINE À EXPLORER LE TEMPS

Elle m'accueillit avec des cris de joie et une énorme guirlande de fleurs qu'apparemment, elle avait confectionnée spécialement pour moi.

Je fis ce que je pus pour lui faire comprendre que j'étais honoré et nous nous assîmes pour «discuter». Au début, notre conversation consistait essentiellement en sourires. Je la voyais comme une jeune fille heureuse.

Elle me dit qu'elle s'appelait Weena et elle baisa mes mains. Je baisai les siennes aussi et décidai d'essayer de lui apprendre l'anglais.

— «Hands», lui dis-je en levant mes mains.

Au début, elle ne fit que rire bêtement. Ensuite, dans une étrange volonté de me faire plaisir, je pense, elle essaya de répéter le mot.

Mais plus tard, lorsque je lui demandai «Nootee arla?» (Qu'est-ce que c'est?) en montrant ses petites mains, elle resta muette.

Il était désormais clair que je devais apprendre à parler éloï. À partir de maintenant, lorsque je vous rapporte ce qu'elle m'a dit, vous devez comprendre que c'était dans sa langue et non en anglais.

Weena baisa les mains du
Voyageur dans le temps.

LA MACHINE À EXPLORER LE TEMPS

Weena et ses pairs chantaient quelque chose de bizarre – un chant accompagné d'une petite danse. Je n'arrivais pas à en comprendre le sens, même si je comprenais la signification des mots. Je pris cela pour une espèce de comptine pour enfants.

Pendant la journée, danse et saute,
Cueille des fleurs, ris et chante.

Lorsque la lune se lève, le danger menace,
Qui tire les Éloïs sous la terre

Là règne l'esprit du mal.
De cette noirceur nul ne revient.

Je vis très souvent Weena interpréter cette chanson. Je souriais sans comprendre son message macabre.

Au fur et à mesure que le temps passait, j'avais des sentiments contradictoires par rapport à mon amitié avec Weena. Il est vrai que j'étais seul et qu'il était agréable d'avoir quelqu'un qui me portait un intérêt particulier.

L'étrange chanson de Weena.

LA MACHINE À EXPLORER LE TEMPS

Mais elle était comme un enfant : dans mes explorations, elle me suivait partout, tombait de fatigue et m'appelait, pleurait quand je continuais ma route sans elle.

Au début, je crois que je ne réalisais pas vraiment ce qu'elle représentait pour moi. Mais au fil des jours, je m'y attachai, au point que retourner au Sphinx blanc était presque comme rentrer à la maison. Dès que je descendais la colline, je cherchais des yeux sa petite silhouette blanche et dorée.

Avec Weena, j'appris que le sentiment de peur existait toujours. Autant elle était à l'aise à la lumière du jour, autant elle craignait la nuit, sombre et pleine d'ombres. Cet élément, ajouté à la fameuse chanson, me poussa à plus de réflexion et d'observation.

Je constatai qu'à la tombée de la nuit, les Éloïs se rassemblaient toujours dans les grands édifices et qu'ils dormaient tous ensemble. Si jamais j'entrais sans lumière pendant la nuit, ils paniquaient.

Ils se réunissaient dans les grands
édifices à la nuit tombante.

LA MACHINE À EXPLORER LE TEMPS

Lorsqu'il faisait noir, il ne m'est jamais arrivé de rencontrer un seul Éloï dehors. Pas plus que de dormir seul la nuit, même à l'intérieur.

Mais j'étais tellement stupide que je ne comprenais pas la raison de leur peur.

Même si cela dérangeait terriblement Weena, j'insistai pour dormir loin des autres. Son affection pour moi dépassait ses craintes et, pendant les cinq nuits que dura notre liaison, elle dormit avec son oreiller contre mon bras.

Ma rencontre avec Weena me rappela un horrible cauchemar que j'avais fait la veille de notre rencontre – cette nuit où j'avais tellement pleuré avant de m'écrouler de fatigue. Ce cauchemar me revenait régulièrement.

Je me souviens comme j'avais crié :

– À l'aide, à l'aide, je me noie ! Je suis au fond de la mer. Quelles sont ces horribles plantes qui me frappent le visage ? Aidez-moi !

Je m'étais réveillé, ébahi, avec l'impression bizarre que quelque animal grisâtre fuyait à toute allure dans le couloir. Je ne savais plus où se terminait le rêve et où commençait la réalité.

Un horrible cauchemar.

LA MACHINE À EXPLORER LE TEMPS

Je sortis dans le grand hall au moment précis où la lune se couchait et le jour se levait. En scrutant la colline, j'eus le sentiment de voir des créatures blanches à l'apparence simiesque. L'une d'entre elles semblait porter un corps. Mais à la lumière du jour qui arrivait, je ne les distinguai plus.

– C'étaient sans doute des esprits, me dis-je en plaisantant. Je me demande s'ils sont vivants.

Comment pouvais-je être aussi bête ?

Le jour suivant, j'avais sauvé Weena, et toutes les impressions de fantômes et de singes blancs avaient quitté mon esprit.

Au matin de mon quatrième jour en l'an 802 701, je tentai de trouver un endroit où je serais à l'abri du soleil brûlant et je me demandai de combien la température avait augmenté par rapport à notre époque. Dans une ruine colossale située tout près du grand couloir où j'avais passé la nuit, je trouvai un endroit sombre et ombragé, et j'y entrai, longeant des pierres éboulées.

Soudain, je m'arrêtai net, pétrifié. Une paire d'yeux lumineux m'observaient dans les ténèbres.

Il crut voir des esprits.

« Qui êtes-vous ? »

Chapitre 8

L'Empire du mal

J'avais peur de me retourner. En serrant les poings, je regardai une nouvelle fois les yeux étincelants qui me fixaient. Soudain, je me souvins de l'étrange terreur qu'éprouvaient les Éloïs vis-à-vis l'obscurité, mais je ne la laissai pas m'envahir. Surmontant jusqu'à un certain point mon appréhension, j'avançai et demandai sévèrement :

– Qui êtes-vous ?

Je tendis les bras et touchai des mains un objet soyeux. Les yeux remuèrent et une forme blanche s'enfuit en me frôlant.

LA MACHINE À EXPLORER LE TEMPS

La gorge sèche, je me retournai et aperçus une étrange petite créature simiesque. Sa tête était courbée, particulièrement lorsqu'elle passait dans l'espace ensoleillé devant moi. Elle trébucha sur une pierre et se cacha immédiatement dans l'ombre d'une autre ruine.

La créature courait trop vite pour que je puisse la distinguer clairement, mais j'avais remarqué que son corps était couvert de poils blancs et qu'elle avait d'étranges grands yeux gris-rouge. Je ne pouvais pas dire si elle se déplaçait à quatre pattes ou sur ses deux membres postérieurs, les bras pendants.

Je suivis la créature jusqu'à la pelouse et je crus tout d'abord qu'elle m'avait échappé. Mais lorsque j'atteignis un des puits à coupole, je me demandai si elle avait pu s'y engouffrer.

Je me penchai par-dessus le puits et grattai une allumette. Le petit monstre blanc me regardait en s'enfonçant dans le puits. J'en eus des frissons dans le dos tellement cette chose me faisait penser à une araignée humaine.

La petite créature blanche l'observait.

LA MACHINE À EXPLORER LE TEMPS

Alors qu'elle descendait, je me rendis compte qu'une série de barreaux de métal formait une espèce d'échelle le long du mur.

Puis mon allumette s'éteignit. Le temps d'en gratter une autre, la créature avait disparu. Graduellement, la terrible vérité m'apparut.

– Maintenant, je comprends, pensai-je. L'espèce humaine n'est plus une espèce unique – elle s'est divisée en deux espèces animales distinctes. Les petites créatures fragiles du Monde supérieur ne sont pas nos seuls descendants ; ces horribles monstres blancs qui vivent sous terre le sont également !

Mon esprit s'emplit d'un certain nombre de questions embarrassantes. Ces bêtes souterraines, qui s'appelaient les Morlocks, s'étaient probablement emparées de ma Machine. Mais pourquoi ? Et si, comme je le pensais, les Éloïs étaient leurs maîtres, pourquoi n'avaient-ils pas demandé aux Morlocks de me la rendre ?

Je décidai de parler de mes préoccupations à ma petite amie.

Il comprit la terrible vérité.

LA MACHINE À EXPLORER LE TEMPS

– Chère Weena, demandai-je, il y a quelque chose que j'aimerais savoir.

– Demande-moi, mon très cher sauveur, répliqua-t-elle dans sa langue.

– Tu vois cette herbe, lui dis-je en la pointant du doigt.

Elle sourit et dit :

– La belle herbe verte pousse.

J'arrachai une petite motte :

– Et sous l'herbe, il y a de la terre, n'est-ce pas ?

Elle semblait un peu nerveuse, mais répondit :

– La terre nourrit l'herbe et les fleurs.

– Et maintenant, Weena, tu dois me dire ce qui se trouve sous cette terre, dis-je fermement en pointant du doigt l'endroit où j'avais arraché la petite motte d'herbe.

Les yeux de Weena se fermèrent et son corps se mit à trembler. On aurait dit qu'elle allait s'évanouir.

Je la secouai doucement :

– Weena...

« Qu'y a-t-il dans la terre,
en dessous de nous ? »

LA MACHINE À EXPLORER LE TEMPS

Ses yeux se troublèrent au souvenir de ma dernière question. Puis, éclatant en sanglots, elle se lança dans mes bras comme pour se protéger. Au fait, ces larmes furent les seules que je vis durant mon séjour dans le futur.

— D'accord, Weena, je n'aborderai plus ce sujet, dis-je pour l'apaiser.

Elle avait toujours l'air affectée par ce qui venait de se passer. Il me fallait trouver quelque chose qui la ferait retrouver sa bonne humeur:

— Regarde, Weena, regarde la belle lumière, lui dis-je gaiement en grattant une allumette.

Je grattai une allumette après l'autre jusqu'à ce qu'elle sourie et tape des mains à nouveau. Puis je repris mon chemin, Weena trottant derrière moi.

En fin de journée, nous passâmes devant un édifice que je décidai d'explorer plus tard. C'était une structure orientale de couleur émeraude, plus grande que tous les palais et les ruines que j'avais pu voir jusque-là. Je l'aurais visité immédiatement, mais quelque chose d'autre me préoccupait – une chose dont j'essayais de me convaincre.

Il essaya de faire rire Weena.

LA MACHINE À EXPLORER LE TEMPS

Je me répétais sans cesse :

– Il faut que tu le fasses !

Mais une petite voix dans ma tête combattait cette idée :

– Beurk ! Ces Morlocks sont répugnants !

– Tu dois aller visiter un de ces puits, me dis-je à moi-même.

– Mais leur contact est glaçant, répondait la petite voix.

– Tout compte fait, tu devrais y aller tout de suite. La lune en sera bientôt à son dernier quartier. Quand il fera plus noir, il y aura encore plus de ces horribles créatures.

La petite Weena dansa autour de moi jusqu'au puits, mais lorsqu'elle me vit me pencher, elle lança un cri de désespoir :

– Non, non, il ne faut pas regarder là...

– Qui parle de regarder ? Moi, je compte descendre...

– Non, il est interdit de poser ses mains dans le puits. Les puits mènent à l'Empire du mal ! s'écria-t-elle en me tirant en arrière.

« Il ne faut pas regarder là-dedans ! »

LA MACHINE À EXPLORER LE TEMPS

– Il faut que je retrouve ma Machine. Ne t'inquiète pas. Je reviens plus tard, petite Weena.

Je l'embrassai et me retournai, mais elle essayait encore de me retenir de ses petites mains.

Je me dégageai et regardai dans le puits. Il me fallait parcourir une hauteur d'environ deux cents mètres sur de petits barreaux en métal conçus pour supporter des créatures beaucoup plus petites et légères que moi.

Je passai les jambes par-dessus le bord et entamai la descente. À mi-chemin, un barreau en métal se détacha sous mon poids, m'envoyant presque au fond du trou sur-le-champ.

D'une main, je rattrapai péniblement le barreau du dessus, mais je savais maintenant qu'il me fallait agir vite pour que cela ne se reproduise plus. Je regardai brièvement vers l'ouverture, et j'aperçus un petit cercle de ciel bleu foncé et une étoile. La tête de Weena, qui continuait à m'observer, n'était plus qu'un petit point.

D'une main, il rattrapa péniblement
le barreau du dessus.

« Trois créatures blanches
étaient penchées sur moi. »

Chapitre 9

La terrible vérité

Finalement, j'atteignis le fond du puits et je découvris un petit tunnel étroit dans le mur. Tout courbaturé, je me mis en boule pour me reposer.

Je ne sais pas combien de temps je restai ainsi avant de sursauter à la caresse d'une main très douce sur mon visage. Je grattai vite une allumette et vis trois créatures blanches en face de moi.

La lumière soudaine les fit fuir. Elles ne semblaient pas me craindre, mais la lumière les terrifiait. Je pensais à ces poissons qui vivent dans l'obscurité de l'eau, et dont les pupilles anormalement dilatées et sensibles reflètent la lumière.

LA MACHINE À EXPLORER LE TEMPS

Maintenant, dans les larges gouttières et tunnels, les yeux des Morlocks me suivaient d'une manière étrange.

J'essayai de leur adresser la parole, mais leur langage était complètement différent de celui des Éloïs.

– Avoue-le, me dis-je, tu es ici tout seul et tu aurais tout intérêt à filer au plus vite !

En me frayant un passage dans le tunnel, j'entendis un bruit semblable à celui que ferait une grosse machine. Le bruit devenait plus intense au fur et à mesure que j'avançais. Lorsque j'atteignis une zone dégagée, je grattai une autre allumette et découvris que je me trouvais dans une caverne voûtée.

Je n'ai qu'une vague impression de ce que j'entrevis lorsque l'allumette s'éteignit. Comme des fantômes, les Morlocks s'affairaient autour d'une énorme machine et d'une table blanche au centre de laquelle se trouvait une sorte de gros morceau de viande. Je me demandai quel animal de cette taille pouvait fournir une telle quantité de viande.

Une énorme machine et une table.

LA MACHINE À EXPLORER LE TEMPS

L'endroit manquait singulièrement d'oxygène. Le peu d'air qui y circulait sentait le sang frais.

— Espèce d'imbécile, pensai-je tout à coup. Comment as-tu pu entreprendre un tel voyage sans arme, sans nourriture et sans médicaments ?

Et si seulement j'avais emmené un appareil photo. J'aurais pu prendre des clichés rapidement et les analyser en profondeur une fois à la maison.

Mais non, j'étais là comme un idiot sans aucun de ces éléments de base et seulement quatre allumettes. En plus, j'avais gaspillé la moitié de la boîte pour faire rire les petites créatures du Monde supérieur.

Soudain, une main toucha la mienne et des doigts glacés effleurèrent mon visage. L'odeur déplaisante des Morlocks et le bruit de leur respiration m'indiquaient qu'ils devaient être assez nombreux rassemblés là. Je sentis des mains tirer sur mes vêtements.

— Laissez-moi, créatures diaboliques ! Fichez le camp ! Fichez le camp tout de suite !

« Laissez-moi, créatures diaboliques ! »

LA MACHINE À EXPLORER LE TEMPS

Mes cris les firent fuir l'espace d'un instant, mais ils revinrent à la charge, avec plus de hardiesse qu'auparavant, et leurs chuchotements et leurs ricanements m'effrayèrent au plus haut point.

Je grattai une autre allumette en espérant que la lumière qu'elle dégagerait me permettrait de m'échapper. Par chance, je pus faire durer la lumière en mettant le feu à un bout de papier qui traînait dans ma poche, et j'avais atteint le tunnel avant que la flamme ne soit éteinte.

Dans l'obscurité, j'entendais les Morlocks trottiner derrière moi. Je sentis plusieurs mains moites essayer de me retenir. Je grattai une autre allumette et l'envoyai dans leurs visages ahuris. Comme ils semblaient inhumains avec leurs visages pâles sans menton et leurs grands yeux gris-rouge sans paupières !

Je ne m'arrêtai pas et je dus gratter une troisième allumette pour atteindre l'ouverture du puits. Au moment où je saisis les échelons pour remonter, je sentis des mains sur mes pieds. On me tirait violemment en arrière.

On me tirait violemment en arrière.

LA MACHINE À EXPLORER LE TEMPS

Désespéré, je grattai ma dernière allumette. Son bref éclair me permit d'atteindre les barreaux de l'échelle.

À force de coups de pied, je réussis finalement à échapper aux Morlocks, et grimpai à toute allure vers la lumière, en laissant derrière moi les horribles créatures simiesques.

La montée me sembla interminable. Il ne me restait que quelques mètres à parcourir quand je fus pris d'un malaise.

– Oh non, priai-je Dieu, ne me laissez pas mourir maintenant !

C'est au prix de beaucoup d'efforts que je parvins à me tenir aux échelons et à ne pas tomber. Plusieurs fois, j'eus l'impression de perdre connaissance et de tomber. Finalement, alors que je ne l'espérais plus, j'atteignis la sortie du puits et me retrouvai sous un soleil aveuglant.

Je m'écrasai par terre. Même le sol sentait bon la fraîcheur. J'ai gardé de ce moment le vague souvenir de Weena qui embrassait mes mains et d'autres Éloïs qui parlaient non loin.

Enfin de retour sur la terre douce et propre.

Après, c'est le trou noir. Je ne me souviens plus de rien.

Quand je revins à moi, Weena était à côté de moi et chantonnait :

— Malheur, malheur, malheur, malheur...

— Qu'est-ce que tu veux dire, lui demandai-je, de quel malheur parles-tu ?

— La vieille lune s'en va. La vieille lune nous abandonne...

— Mais il va y en avoir une nouvelle, ne t'en fais pas.

— La nouvelle lune n'est pas bonne. La nouvelle lune n'est jamais bonne pour nous.

— Weena, qu'est-ce que tu veux dire ?

Elle frémit et susurra :

— Les nuits noires !

Elle semblait tellement perturbée que je décidai de ne pas poursuivre la conversation. Cependant, j'étais convaincu que les horribles Morlocks étaient au cœur de ses craintes et je me demandai quels actes diaboliques ils perpétraient les soirs de nouvelle lune.

Weena lui fit part de ses craintes.

Les fichus Morlocks ! Désormais, j'étais moi aussi leur ennemi, et il me fallait penser à une manière de me protéger.

J'avais besoin d'une bonne arme et d'un endroit sûr où passer la nuit. Tous les édifices et les arbres que j'avais vus pendant mes balades étaient facilement accessibles aux Morlocks. Je savais qu'ils étaient des grimpeurs particulièrement agiles.

Les hautes tours pointues du palais de porcelaine émeraude – c'est ainsi que j'avais baptisé l'édifice d'allure orientale – et l'aspect brillant de ses murs polis me revinrent à l'esprit.

Cet après-midi-là, je pris Weena sur mes épaules comme s'il s'était agi d'un petit enfant, et nous partîmes en direction des collines du sud-ouest pour retrouver cet édifice. Après un moment, Weena préféra marcher à mes côtés.

– Weena cueille de belles fleurs, dit-elle en s'arrêtant de-ci de-là pour en ramasser. Weena va les mettre dans un endroit spécial maintenant.

Je ne pus m'empêcher de sourire. Weena s'était toujours posé beaucoup de questions sur les poches

Weena découvrit une utilité à mes poches.

de mes vêtements. Maintenant, dans un éclair d'intelligence, elle avait compris leur usage.

Les poches... de drôles de vases, n'est-ce pas ? Et c'est exactement là qu'elle plaça les fleurs...

Au même moment, le Voyageur dans le temps interrompit son discours et s'adressa directement à ses invités :

— En changeant de veste tout à l'heure, j'ai mis mes mains dans mes poches, et j'ai trouvé ceci.

Il mit ses mains dans ses poches et posa religieusement deux grandes fleurs blanches fanées sur la table.

Les invités étaient perplexes, mais ils tinrent leur promesse de ne pas interrompre leur interlocuteur. Ils attendirent patiemment qu'il reprenne son histoire...

... En fait, le grand édifice couleur émeraude ne se trouvait pas à cinq kilomètres, mais plutôt à douze kilomètres de l'endroit où nous étions. En plus, je perdis le talon d'une de mes chaussures, et un clou rebelle troua allègrement la semelle de

Deux grandes fleurs blanches, fanées.

l'autre. Tous ces éléments ajoutés à une cheville enflée me forcèrent à ôter mes chaussures et à continuer ma route en chaussettes.

Pendant le trajet, nous mangeâmes quelques fruits mûrs et continuâmes en direction du palais de porcelaine émeraude. À la tombée de la nuit, nous nous reposâmes quelques instants, et alors que je gardais la petite Weena assoupie, je me mis à méditer sur ces habitants du futur. Et là... soudain... la terrible vérité m'apparut dans toute son horreur !

– Oh non, pensai-je, c'est trop abominable pour être vrai. Et pourtant, toutes les pièces s'emboîtaient comme dans un casse-tête : les machines entraînées par les Morlocks dans les profondeurs de la terre, les vêtements et la nourriture que les Morlocks fournissent aux Éloïs, la hantise des Éloïs pour les Morlocks et l'obscurité... et cet animal abattu que j'ai vu sur la table dans la caverne...

Tout cela n'avait qu'une seule explication – les Morlocks élevaient les Éloïs comme du bétail... puis les mangeaient ! Les Morlocks étaient des cannibales !

Il découvrit la terrible vérité.

Il réfléchit à un plan d'action.

Chapitre 10

Attrapé par les Morlocks

Je ne savais plus quoi faire. Cette nuit-là, étendu sur le sol, je révisai calmement mes besoins les plus urgents :

— Tout d'abord, je dois trouver une bonne arme, me dis-je. Puis un endroit sûr pour me cacher. Ensuite, il me faudra découvrir un moyen de fabriquer une torche qui fera fuir les Morlocks. J'aurai besoin également d'une sorte de bélier qui pourrait défoncer les portes en bronze du Sphinx blanc.

J'étais persuadé que, si je pouvais m'introduire dans le Sphinx avec un faisceau lumineux, je pourrais trouver la Machine à explorer le temps et m'échapper de ce terrible endroit avec Weena. J'avais décidé de l'emmener avec moi. Même si elle ne savait pas trop où mon monde se trouvait, elle était impatiente de m'accompagner chez moi.

Nous reprîmes notre chemin vers le palais de porcelaine émeraude le matin et arrivâmes vers midi. Nous le trouvâmes désert et en ruines.

Des restes de carreaux brisés pendaient aux fenêtres et des pans de façade verte s'étaient détachés de la structure métallique rouillée de l'édifice.

À l'intérieur, il n'y avait pas de couloir large comme dans les autres bâtiments, mais une galerie éclairée par de nombreuses fenêtres donnant sur l'extérieur. Le sol était couvert d'une épaisse couche de poussière grise. Je remarquai que des morceaux de squelettes étaient éparpillés au centre de la pièce. Ils semblaient provenir de créatures géantes éteintes depuis l'ère préhistorique – de brontosaures et de mégathériums.

— Naturellement, m'écriai-je, nous nous trouvons dans un ancien musée et cette pièce est la «Salle des fossiles»!

Les ruines du palais
de porcelaine émeraude.

LA MACHINE À EXPLORER LE TEMPS

Sur les côtés, il y avait des étagères portant des bocaux en verre de notre époque. On les avait probablement scellés définitivement afin d'empêcher l'air d'y pénétrer, car les fossiles qui y étaient conservés semblaient relativement intacts. De plus, l'absence de bactéries et de champignons avait dû en ralentir considérablement le processus de détérioration.

En avançant, nous arrivâmes dans une petite galerie de minéraux, puis dans une zone où d'immenses carcasses de machines étaient exposées. La plupart étaient rouillées et endommagées, mais quelques-unes d'entre elles étaient encore en bon état. Je n'étais pas toujours capable de déterminer à quoi elles avaient servi.

Tandis que je me demandais comment utiliser ces machines pour combattre nos ennemis, Weena se serra subitement contre moi. Elle me tira par la manche puis prit ma main.

— Qu'est-ce qu'il y a, Weena? demandai-je. Tu sembles anxieuse.

J'étais si absorbé par les machines que je n'avais pas réalisé qu'il faisait de plus en plus sombre et

La « Salle des fossiles » d'un ancien musée.

que nous nous trouvions sur un sol en pente. La crainte de Weena me fit prendre conscience que la galerie aboutissait droit à l'obscurité totale. Au bout de la galerie, le sol portait la trace d'un certain nombre de petites empreintes étroites. Et dans le lointain, je pouvais percevoir des trottinements très particuliers et des bruits de moteur identiques à ceux que j'avais entendus au fond du puits.

Je me rendis compte que je n'avais toujours pas d'arme pour nous défendre, mais que j'en aurais besoin très vite. Mon regard parcourut rapidement les machines et s'arrêta sur un long levier qui effleurait l'une d'entre elles. Au moment où je fus capable de l'atteindre, j'y posai les deux mains et m'appuyai dessus de tout mon poids. Il ne résista pas plus d'une minute et je rejoignis Weena, muni désormais d'une arme qui ressemblait à un bâton de golf.

— Oh! que j'aimerais fracasser le crâne de quelques Morlocks au moyen de mon nouveau jouet! dis-je, n'éprouvant aucun remords à tuer mes propres descendants.

Il se munit d'un énorme levier comme arme.

LA MACHINE À EXPLORER LE TEMPS

Seuls l'idée de protéger Weena et le désir de retrouver ma Machine parvinrent à m'empêcher de m'enfoncer dans les profondeurs de l'obscurité et d'attaquer les Morlocks.

Nous passâmes dans une section du musée contenant des fragments de livres puis, à l'étage supérieur, une pièce très intéressante : un laboratoire de chimie !

La galerie en question était très bien préservée. Dans une des boîtes scellées, je découvris une boîte d'allumettes. Impatient, je les grattai : elles étaient en parfait état, pas même altérées par le temps. J'étais tellement heureux que je me mis à chantonner et à danser, devant le regard ébahi de Weena.

– Vous voyez, Miss 802 701, voici comment on danse à mon époque ! criai-je gaiement à Weena.

Je fis ensuite une autre découverte – un reste de camphre dans un bocal fermé hermétiquement. J'étais sur le point de le jeter lorsque je me souvins de ceci :

– Le camphre brûle ! m'écriai-je, ça pourrait faire une bougie fantastique. Et je plaçai le camphre près des allumettes dans ma poche.

Il trouva quelques allumettes.

LA MACHINE À EXPLORER LE TEMPS

Je fus ensuite très frustré de tomber sur des fusils, des pistolets et des carabines en grand nombre, mais pas une seule balle ni de poudre. Un peu plus loin, dans un autre local, je crus distinguer deux bâtons de dynamite.

— Eurêka ! criai-je en cassant joyeusement la vitre de protection.

Je pris un des bâtons dans une pièce connexe et le testai. J'attendis cinq minutes... dix minutes... quinze minutes... mais il n'explosa jamais. Ils étaient faux !

— Vraiment dommage, expliquai-je à Weena, j'aurais pu les utiliser pour ouvrir les portes du Sphinx et récupérer ma Machine à explorer le temps. Mais, qui sait, peut-être que mon bâton de fer suffira pour forcer ces portes.

Mon objectif était maintenant de retourner en direction du Sphinx blanc. Nous devions avancer le plus possible car la nuit approchait. Dormir dehors ne me faisait plus peur, puisque j'avais des allumettes et du camphre et que je pouvais faire un feu qui tiendrait les Morlocks à l'écart.

Deux bâtons de dynamite.

LA MACHINE À EXPLORER LE TEMPS

En cours de route, je ramassai un bâton et du bois sec. Ainsi chargé, je ne pouvais pas avancer aussi vite. Lorsque nous arrivâmes à l'entrée de la forêt – à peu près à un mille – je sentis le sommeil m'envahir. Et avec l'obscurité arrivaient les Morlocks. Lorsque nous nous arrêtâmes dans les buissons, j'en distinguai nettement trois derrière nous.

– Idéalement, nous devrions nous enfoncer dans la forêt jusqu'aux collines dégarnies qui seront un lieu plus sûr pour nous reposer. Les allumettes et le camphre éclaireront notre marche.

Je me rendis compte qu'il m'était impossible de gratter des allumettes et de porter du bois en même temps. Je laissai donc le bois.

C'est à ce moment que j'eus l'idée stupide de croire que la vue d'un feu effraierait nos poursuivants et couvrirait notre retraite.

Weena était fascinée par les flammes qui dansaient au-dessus du tas de bois. C'était la toute première fois qu'elle voyait du feu – mis à part celui produit par les allumettes. Elle voulait

Trois Morlocks les suivaient de près.

courir tout autour et s'amuser. Elle voulait même sauter dedans, mais je la pris dans mes bras et l'emmenai dans le bois. Le feu éclaira relativement bien notre passage.

Assez vite, j'entendis des pas derrière moi. J'étais incapable de gratter une allumette parce que j'avais Weena sous le bras gauche et ma barre de fer dans la main droite. J'entendais les voix que j'avais entendues dans le Monde inférieur se rapprocher. Un instant plus tard, je sentis qu'on tirait sur mon manteau puis sur mon bras.

Weena frissonna violemment puis ne bougea plus. Je dus la déposer pour gratter une allumette. Alors que je fouillais dans ma poche, une bataille eut lieu dans l'obscurité, à la hauteur de mes genoux.

Weena était muette. Les Morlocks poussaient des cris stridents.

La lumière qui jaillit de mon allumette me permit de voir Weena s'agripper à mes pieds, le visage vers le sol.

– Weena ! Weena ! m'écriai-je en me penchant sur elle.

Il emmena Weena loin du feu.

LA MACHINE À EXPLORER LE TEMPS

Elle respirait à peine. J'allumai le bloc de camphre et le déposai par terre où il se divisa et flamba en plusieurs endroits. Les Morlocks reculèrent et se retirèrent dans l'ombre. Je pus ensuite relever ma petite amie, inconsciente.

Derrière nous, la forêt résonnait du murmure de tout un peuple.

« Weena ! Weena ! »

Ils étaient perdus dans la forêt.

Chapitre 11

La Machine à explorer le temps est retrouvée

J'emportai Weena inconsciente sur mon épaule et j'allais disparaître quand je réalisai une chose terrible! Ces dernières minutes, je m'étais retourné plusieurs fois pour gratter une allumette ou pour m'occuper de Weena. Par conséquent, je n'avais plus aucune idée de la direction à prendre pour quitter la forêt ni de la distance qui nous séparait encore des Morlocks. Je fus pris de panique.

— Je devrais faire un feu, me dis-je, parce que de toute façon, nous devrons rester à cet endroit jusqu'à l'aube.

LA MACHINE À EXPLORER LE TEMPS

Je déposai Weena sur l'herbe tendre et commençai à rassembler des branches et des feuilles. Ensuite, je grattai une allumette, et la lumière me permit de voir deux formes blanches s'approcher de Weena, inconsciente.

Un des deux Morlocks était tellement aveuglé par la lumière qu'il courut droit sur moi alors qu'il tentait de s'échapper. Instinctivement, je lui assénai un coup, et je dois avouer que j'éprouvai un certain plaisir à entendre ses os craquer sous mon poing.

Je remarquai alors que les branches au-dessus de moi étaient très sèches, ce qui n'était pas surprenant puisqu'il n'avait pas plu depuis mon arrivée, il y avait de cela une semaine. J'en rompis quelques-unes et obtins très vite un beau feu. Grâce au bois, je pouvais économiser mon camphre.

— Weena, pauvre petite Weena, murmurai-je en essayant de la ranimer.

Mais elle était comme morte, je n'étais même pas certain qu'elle respirait encore.

Il donna un coup de poing à un Morlock.

LA MACHINE À EXPLORER LE TEMPS

J'étais épuisé et la fumée dégagée par le feu m'étourdissait.

Ma tête tomba et je m'assoupis. Lorsque, subitement, j'ouvris les yeux, la situation avait changé.

Il faisait noir et les Morlocks étaient tout autour de moi. Je sentais leurs mains. Je repoussai leurs doigts de toutes mes forces et cherchai ma boîte d'allumettes. Sans résultat. Elle avait disparu !

Je compris alors ce qui s'était passé. Je m'étais endormi et le feu s'était éteint. Quelle horrible sensation que ces doigts velus sur mon cou, mes cheveux, mes bras... J'avais l'impression d'être pris dans une monstrueuse toile d'araignée. Je crus mourir.

Je m'écrasai sous le poids de la meute. De petites dents grignotaient mon cou. Je me retournai et ma main tomba sur ma barre de fer. Au moment où mes doigts s'en emparèrent, je ressentis une soudaine sensation de pouvoir. Je lançai la barre au hasard, dans la direction où je pensais que les Morlocks se trouvaient, et j'entendis des corps tomber. Pour le moment, j'étais à nouveau libre.

Il avait l'impression d'être pris dans
une monstrueuse toile d'araignée.

LA MACHINE À EXPLORER LE TEMPS

Je me sentis envahi par ces sentiments de sauvagerie et d'excitation qui vont de pair avec la bagarre. Bien que tout à fait conscient que Weena et moi ne pouvions faire face bien longtemps aux Morlocks, et qu'ils remporteraient la victoire haut la main, j'étais déterminé à leur résister le plus longtemps possible. Le dos appuyé contre un arbre, je continuai à me battre.

Ce qui se produisit à cet instant était plutôt inattendu : les Morlocks se mirent à crier plus fort et à bouger plus vite, mais ils se tenaient hors de ma portée.

— Ah, m'écriai-je, approchez-vous, sales monstres, si vous osez ! Vous avez peur, ou vous déclarez forfait ?

Le ciel semblait s'être éclairci et je vis tout à coup trois Morlocks tomber à mes pieds et les autres s'enfuir dans la forêt.

J'étais complètement abasourdi. Puis, dans le lointain, je distinguai une petite étincelle rouge entre les branches et je sentis l'odeur de bois brûlé. Je compris immédiatement que la forêt était en flammes.

« Approchez, monstres, si vous osez ! »

LA MACHINE À EXPLORER LE TEMPS

Le feu que j'avais stupidement allumé s'était étendu et nous rattrapait.

— Weena ! Weena ! criai-je frénétiquement.

Je la cherchai des yeux, mais elle avait disparu.

Les sifflements et les crépitements derrière moi, et l'explosion sourde que provoquait chaque branche qui prenait feu me laissaient peu de temps pour réfléchir. Ma barre de fer à nouveau dans les mains, je me mis à la poursuite des Morlocks.

Je parvins à atteindre une petite clairière à l'abri des flammes. Et c'est là que je fus témoin de la scène la plus affreuse de tout mon séjour dans ce monde du futur : une barrière d'arbres en feu encerclait la clairière et trente ou quarante Morlocks, aveuglés par la lumière, couraient maladroitement et se rentraient violemment dedans.

Je ne compris pas immédiatement qu'ils étaient aveuglés et je continuais furieusement mon combat ; j'en tuai un et j'en estropiai d'autres. Mais lorsque je vis leurs tâtonnements et que j'entendis leurs gémissements de désespoir, je réalisai que,

Les Morlocks étaient aveuglés
par la lumière.

dans la clarté, ils étaient impuissants. J'arrêtai de me battre.

Je me dirigeai vers la colline, en espérant retrouver une quelconque trace de Weena, mais en vain. Elle n'était plus là.

De temps à autre, je voyais un Morlock baisser la tête dans une espèce d'agonie et s'enfoncer dans les flammes.

– Mon Dieu, je vous en prie, criai-je, faites que je me réveille et que je sorte de cet horrible cauchemar !

Mais ce n'était pas un rêve et il s'écoula encore beaucoup de temps avant que le feu ne s'apaise et que la lumière blanche du jour n'apparaisse.

Je cherchai encore Weena, toujours sans résultat. Les Morlocks avaient probablement abandonné son pauvre petit corps dans la forêt. J'étais soulagé à l'idée qu'au moins, elle n'avait pas subi le sort tragique que ces cannibales infligeaient en général à leurs victimes.

Du sommet de la colline, il m'était possible d'apercevoir le palais de porcelaine émeraude dans la fumée.

Il chercha des traces de Weena.

LA MACHINE À EXPLORER LE TEMPS

À partir de là, je pouvais plus ou moins localiser le Sphinx blanc.

Abandonnant les Morlocks à leur agonie et à leurs gémissements, j'enveloppai mes pieds dans de l'herbe pour les protéger des cendres brûlantes et je me mis en route vers l'endroit où se trouvait ma Machine.

J'avais le cœur gros. Non seulement j'étais fatigué et je boitais, mais surtout, j'étais terriblement déprimé par la disparition tragique de Weena.

Un sentiment d'extrême solitude m'envahit et, en proie à une profonde tristesse, je me mis à penser à cette maison, à cette cheminée et à vous, mes amis...

Aux environs de neuf heures du matin, j'arrivai près du siège en métal jaune d'où j'avais vu ce monde du futur pour la première fois. Combien ce monde m'avait semblé beau à ce moment-là ! Et combien mon impression était différente maintenant !

Je descendis lentement la colline pour me rapprocher du Sphinx blanc. D'une main, je tenais

Il revint au siège en métal jaune.

toujours mon arme, tandis que de l'autre, je jouais avec quelques allumettes retrouvées dans ma poche. Elles avaient dû sortir de la boîte avant ce violent combat où les Morlocks s'en étaient emparés.

À mon grand étonnement, je n'eus pas à utiliser ma barre de fer pour ouvrir les panneaux de bronze. Ils avaient coulissé de haut en bas le long de glissières.

J'hésitai un instant puis m'introduisis à l'intérieur. Et là, devant moi, sur un coin surélevé, se trouvait ma Machine à explorer le temps !

Les portes en bronze
étaient grandes ouvertes.

Les portes de bronze
se refermèrent.

Chapitre 12

Une virée dans le futur

J'étais à peine entré dans l'édifice que les portes se refermèrent sur moi, comme je l'avais prévu. Ces créatures albinos croyaient m'avoir attrapé :

– Vous vous croyez malins, n'est-ce pas, Morlocks ? Mais ne me prenez pas pour un imbécile ! Pas un instant je n'ai été dupe ! J'avais très bien compris ce que vous aviez dans la tête !

Il y avait trois choses importantes que les Morlocks ignoraient. Premièrement, je suis certain qu'ils n'avaient aucune idée de l'utilité de la Machine à explorer le temps – et qu'ils n'imaginaient pas qu'elle emporterait leur supposée victime à jamais. Deuxièmement, ils ne savaient pas que je possédais les leviers nécessaires à son fonctionnement.

Et troisièmement, que je détenais toujours quelques allumettes. Je comptais fortement sur ce dernier élément pour les surprendre.

J'entendais leurs affreux petits rires s'approcher de moi. Calmement, je voulus gratter une allumette, mais un petit détail m'avait échappé : elle ne s'allumerait qu'en la grattant sur une boîte d'allumettes. Mes allumettes sans boîte ne m'étaient donc d'aucune utilité !

Je perdis mon sang-froid lorsque je sentis les petites brutes tout contre moi, leurs doigts, leur respiration... Je frappai brutalement mes assaillants avec ma barre de fer et j'essayai, à tâtons, de trouver où fixer les leviers de contrôle de la Machine.

— Oh non, il n'en est pas question, m'écriai-je au moment où une des créatures m'arracha un des leviers des mains. Je dus lui donner un coup de tête pour le récupérer.

Il récupéra les leviers de contrôle.

LA MACHINE À EXPLORER LE TEMPS

Avec beaucoup d'efforts, je parvins finalement à placer la barre de fer dans la Machine et à mettre les leviers en place. Puis je tirai sur le levier de démarrage pour mettre la Machine en marche.

Je sentis les mains des Morlocks se détacher de moi. Les ténèbres se dissipèrent et je me retrouvai dans la lumière grisâtre que je connaissais déjà.

J'avais été tellement pressé d'échapper aux Morlocks que je n'avais même pas pris la peine de m'asseoir correctement sur la selle. Je me promenais donc dans le Temps dans une position pour le moins inconfortable, assis de côté et m'agrippant à la Machine qui vibrait.

Je portai attention aux chiffres des compteurs et je me rendis compte que j'avais malencontreusement actionné le levier dans la mauvaise direction – je partais plus loin dans le futur au lieu de revenir à notre époque. Mais je ne touchai pas au levier.

Au fur et à mesure que j'avançais dans le futur, un important changement se profilait. Le passage de la lumière à l'obscurité – du jour à la nuit –

Il repartit dans le temps.

devenait de plus en plus lent. Le soleil avait cessé de se coucher – il se levait doucement à l'ouest et se couchait à la même place, en devenant de plus en plus grand et de plus en plus rouge.

Il n'y avait plus aucune trace de la lune et les étoiles tournaient de plus en plus lentement.

Finalement, une obscurité constante enroba la Terre. Notre planète ne bougeait plus, elle se reposait.

Très délicatement, j'essayai de changer le sens de marche de ma Machine pour qu'elle s'arrête en douceur.

Le ciel n'était plus bleu mais avait une couleur d'encre noire parsemée de petites étoiles d'un blanc pâle. Le soleil brillait à l'horizon, rouge et immobile.

– Qu'est-ce qui m'attend encore ? me demandai-je. Monde, qu'es-tu devenu ?

En regardant à l'extérieur de la Machine, je vis que je me trouvais sur une plage. J'étais entouré de pierres rougeâtres et de mousse verte. La mer s'étendait à l'horizon mais il n'y avait pas de vagues.

« Monde, qu'es-tu devenu ? »

LA MACHINE À EXPLORER LE TEMPS

Je respirais très vite, parce qu'il y avait moins d'air qu'à notre époque.

Au-delà d'un versant désolé, j'entendis un cri discordant et je vis une créature qui ressemblait à un énorme papillon blanc voltiger dans le ciel puis disparaître. Le son de sa voix était tellement lugubre que j'en eus des frissons dans le dos et je m'enfonçai plus profondément dans le siège de ma Machine.

En regardant tout autour de moi, je me rendis compte que ce que j'avais pris pour une masse rougeâtre de roches se déplaçait doucement dans ma direction.

En fait, il s'agissait d'une créature hideuse qui ressemblait à un crabe de la taille d'une table, brandissant ses énormes pinces et ses longues antennes comme des fouets de charretier. Ses yeux proéminents m'épiaient de chaque côté de son front métallique. Il avait une épaisse croûte verdâtre sur le dos et les nombreux palpes de sa bouche complexe remuaient dans tous les sens. J'avais l'impression que le monstre s'avançait à pas lents vers moi.

Des crabes géants.

LA MACHINE À EXPLORER LE TEMPS

Je sentis subitement un chatouillement sur la joue et chassai de la main ce que je croyais être une mouche. Une autre s'approcha de mon oreille, et lorsque je frappai et l'attrapai, je me rendis compte qu'il s'agissait de l'antenne d'un autre de ces crabes géants qui était arrivé par-derrière.

Ses yeux démoniaques flottaient au bout de leurs tiges proéminentes et sa bouche semblait animée d'un grand appétit.

Je me dépêchai de tirer le levier et d'avancer d'un mois.

Je me trouvais toujours sur la même plage, mais je vis cette fois des dizaines de crabes géants avancer au milieu des plantes vertes. La désolation qui régnait sur le monde était consternante !

J'avançai de cent ans mais vis plus ou moins les mêmes choses. Je continuai donc à voyager, m'arrêtant de mille ans en mille ans, pour voir ce qui arrivait à notre planète.

Finalement, à plus de trente millions d'années d'aujourd'hui, le soleil immensément rouge occupait presque un dixième du ciel. La Terre était

À trente millions d'années d'aujourd'hui.

en train de mourir. La plage était blanche et tous les crabes et toutes les plantes avaient disparu.

Il faisait terriblement froid et la neige tombait sans arrêt sur la mer bordée de franges de glace et, au loin, j'apercevais les crêtes onduleuses des collines avoisinantes.

Quand je me retournai vers le soleil, je pus constater que son contour avait changé, comme s'il avait été rongé. Il se fit de plus en plus sombre et je réalisai ce qui se passait :

— C'est une éclipse, me dis-je. La Lune, ou plutôt une autre planète, passe entre la Terre et le Soleil.

Tout ce dont je me souviens, c'est l'obscurité, la neige et... le silence.

Puis le soleil réapparut lentement. J'eus l'impression de voir un objet remuer sur un banc de sable contre le fond rougeâtre de la mer. Y avait-il toujours de la vie sur Terre ?

Je descendis de la Machine et m'approchai de l'eau pour y voir de plus près. Oui, quelque chose bougeait. C'était un objet rond, de la grosseur d'un ballon de football, avec des tentacules traînant par-

Y a-t-il encore de la vie sur Terre ?

derrière, qui paraissait noir contre le bouillon-
nement rouge sang de la mer et sautillait
gauchement de-ci, de-là.

Le froid, l'obscurité et la rareté de l'oxygène
commençaient à me poser de sérieux problèmes.
Je crus défaillir, mais la peur terrible de me
retrouver seul et impuissant sur cette plage
déserte, au milieu d'un crépuscule reculé et
épouvantable, me donna suffisamment de
courage et de force pour regrimper sur la selle de
ma Machine.

— Arrête-toi ici, me dis-je, ou tu ne retrou-
veras jamais ton époque.

« Ça suffit ! »

Je ne ramenais rien.

Chapitre 13

L'apogée de la science

Je tirai sur le levier de toutes mes forces pour rentrer à mon époque au plus vite, en regrettant que mon voyage eût, en définitive, un si piètre résultat. Qu'est-ce que je ramenais? Un nouveau médicament, une nouvelle solution pour la paix dans le monde, un nouvel espoir pour ma race? Non, en réalité, je ne rapportais rien du tout!

Tout ce que je ramène de cette semaine d'efforts effrénés et d'activité intense, ce sont des meurtrissures, de l'amertume et le souvenir d'un amour tragique.

LA MACHINE À EXPLORER LE TEMPS

C'est pourquoi je décidai de faire un dernier arrêt. Mais à quelle époque?

Je me dis qu'à trois cents ans de notre époque, la science aurait atteint son apogée. À l'instar de Prométhée, le dieu grec qui a apporté le feu aux hommes, je reviendrais à la maison avec une découverte sensationnelle qui pourrait aider mes congénères.

Les yeux fixés sur le compteur alors que je retrouvais les périodes de clarté et d'obscurité, j'attendis que la date choisie apparaisse et tirai sur le levier. Ma Machine à explorer le temps vacilla puis s'arrêta.

Je regardai vers le haut et pus constater qu'un haut dôme transparent parcouru de traînées colorées avait remplacé ce qui, un jour, avait été le plafond de mon laboratoire.

Une main gantée de soie argentée m'aspergea brutalement sur le visage un liquide sentant la rose.

— Superbe, me dis-je, à notre époque, dans les mers du sud, on reçoit les visiteurs avec des

Une main gantée de soie argentée
vaporisa un liquide.

couronnes de fleurs. Cette coutume a dû s'étendre et se conserver jusqu'au vingt-deuxième siècle. Quel agréable accueil !

Mais ma bonne humeur se dissipa lorsque je ressentis un changement étrange dans tout mon corps. Et elle disparut complètement lorsqu'une paire de mains m'agrippa et m'extirpa littéralement de la Machine...

Un personnage vêtu d'une cape, de bas et de gants argentés prit la parole :

— Assez de gaz, Kolar, il n'y a qu'un seul passager.

C'était sans doute ce gaz qui me rendait aussi apathique – je me sentais à ce point indifférent qu'à aucun moment, je n'eus l'idée de me défendre. Je n'avais nulle envie de m'opposer.

Un autre personnage habillé d'argent m'emmena sans que je cherche à savoir où.

L'endroit en question se révéla être la «Pièce de la vérité» – le fumoir où nous nous trouvions en ce moment précis avait été converti en une sorte de bureau où on faisait subir des interrogatoires.

On l'extirpa brutalement de sa Machine.

LA MACHINE À EXPLORER LE TEMPS

Les premières choses que je remarquai furent quatre énormes portraits suspendus au mur. Les quatre personnages portaient des tabliers de laboratoire. Sur le premier, une femme aux yeux bridés observait une éprouvette. Sur le second, un homme de couleur était penché sur un microscope très sophistiqué. Sur le troisième, une Indienne travaillait avec une équerre et un compas. Et sur le dernier, un homme blanc notait des symboles complexes sur un tableau noir.

– Pilule de vérité, Taggett ! ordonna l'homme de grande taille aux cheveux blancs de derrière son bureau élaboré et couvert de gadgets.

Cet homme, qui semblait être leur chef, était âgé d'une cinquantaine d'années. Il portait une cape violette. Les trois autres personnes qui se trouvaient dans la pièce portaient des vêtements plus clairs.

L'homme qu'on appelait Tagget posa ses doigts gantés sur une petite distributrice qui s'ouvrait en son milieu et appuya sur un levier. Une capsule en forme de cigare en sortit. Tagget la tint en l'air et la fendit en deux.

Dans la « Pièce de la vérité ».

LA MACHINE À EXPLORER LE TEMPS

— C'est prêt, monsieur, dit-il.

Un nuage de fumée rose se répandit dans la pièce puis disparut.

— Maintenant, dit le chef, préparez la machine-interprète et attachez-le. Nous découvrirons très vite quelle langue il parle et nous pourrons la traduire dans la nôtre.

— Vous pensez réellement qu'il est l'un d'eux ? demanda un homme blond qui portait une cape bleue.

— Bien entendu, Darton, répondit le chef. Avez-vous déjà vu de tels vêtements dans l'Empire du nord ?

— Non, jamais, répondit Darton.

— Jamais, en effet, acquiesça Taggett. Mais vous pensez qu'il a pu s'échapper de l'Empire du sud ? Regardez comme il est meurtri. Et dans quel état sont ses vêtements !

— C'est une ancienne tactique de l'Empire du sud pour nous duper, affirma le chef. La pilule de vérité et la machine-interprète nous confirmeront tout cela bien vite. Maintenant, attachez-le, Kolar.

« Attachez-le. »

LA MACHINE À EXPLORER LE TEMPS

Et il pointa du doigt une machine qui avait la taille d'un homme, munie de nombreux boutons et de chiffres.

— Ce ne sera pas nécessaire, dis-je tranquillement, je parle votre langue. En fait, je suis Anglais.

— C'est bien que vous connaissiez notre langue, mais qu'est-ce qu'un Anglais ? demanda le chef.

Il serait bien difficile de juger qui, des quatre hommes qui portaient des capes ou de moi-même, fut le plus étonné. Je leur fis alors un bref compte rendu de ma formation et de mon invention.

J'imagine que c'est sous l'influence de la pilule de vérité que j'exprimai sans honte ma profonde déception quant à mes expériences de la semaine qui venait de s'écouler.

— Je comptais rentrer immédiatement à mon époque, mais je souhaitais absolument trouver un monde avancé, dirigé par des hommes intelligents et de bonne volonté. Et me voilà ici, un prisonnier drogué attendant d'être interrogé et enfermé. Et en plus, grâce à votre gaz qui rend apathique, cela ne me fait absolument rien !

« Qu'est-ce qu'un Anglais ? »

LA MACHINE À EXPLORER LE TEMPS

Le chef aux cheveux gris eut l'air offensé :

— Vous avez mal compris, dit-il, vous n'êtes pas notre prisonnier. C'est notre pratique habituelle avec les étrangers.

— Mais pourquoi ? demandai-je.

— Tout simplement pour nous protéger, répondit Tagget. Nous ne connaissions pas votre Machine à explorer le temps parce qu'il s'agit d'un modèle tellement primitif...

— Vous voulez dire que vous en avez aussi ? demandai-je, perplexe.

— C'est-à-dire que nous en avions, dit Darton. Elles sont interdites depuis deux cents ans.

Cette dernière information me choqua :

— Pourquoi ont-elles été déclarées illégales ? demandai-je.

— Trop de nos plus courageux et brillants hommes disparaissaient, expliqua Kolar.

— Vous vous souvenez avoir étudié le dernier voyage ? questionna le chef.

— Comment pourrait-on oublier, répondit Taggett, un engin qui partit avec, à son bord, deux

214

Il apprit l'existence d'autres
machines à explorer le temps.

cent quarante voyageurs dans le temps et qui revint avec un seul survivant !

— Et ce que ce pauvre survivant racontait ! ajouta Kolar. Une histoire effroyable sur un monde souterrain habité par des espèces d'hommes-singes albinos !

— Les Morlocks ! m'écriai-je en frissonnant.

— Donc, vous savez, dit le chef. Nous devrons détruire votre Machine immédiatement. Vous devez obéir à nos lois, vous aussi. Car ici, nous sommes tous égaux devant la loi.

Avant même que j'aie l'occasion de réagir, Darton fit un bond en avant :

— Attendez, dit-il, pourquoi ne pas étudier sa Machine avant de la détruire ? Les vestiges de son époque pourraient intéresser nos étudiants en histoire.

— Vous avez peut-être raison, Darton, répliqua le chef. Nous attendrons un jour avant de démanteler cette antiquité.

— Sommes-nous vraiment tous égaux devant la loi ? demandai-je.

Darton voulait étudier sa Machine.

– Tout à fait, répondit Taggett. Remarquez d'ailleurs que vous n'êtes pas le seul à qui nous avons infligé la pilule de vérité. Nous l'avons dispersée dans l'air ambiant et nous l'avons tous respirée. Vous pouvez nous interroger aussi, si vous le souhaitez.

L'effet du gaz qui rend apathique s'amenuisait et ma curiosité revenait peu à peu. J'appris que, au vingt et unième siècle, la civilisation avait atteint un point crucial.

Au moment où notre dilapidation des réserves naturelles représentait une menace pour toute vie terrestre, quatre scientifiques – les quatre personnages dont j'avais pu voir le portrait – prirent des mesures draconiennes.

– Les quatre fondateurs venaient des quatre coins de la planète. Ils formèrent ensemble un Conseil pour gouverner la science du monde, expliqua le chef, très respectueusement. Ils dressèrent des plans pour budgétiser notre énergie, épurer notre atmosphère et améliorer les produits de la terre et des océans.

Des explications sur les quatre fondateurs.

LA MACHINE À EXPLORER LE TEMPS

— Avaient-ils une armée? demandai-je.

— Ils n'en avaient pas besoin. Les conditions étaient telles que tous les dirigeants du monde étaient contents de remettre leur pouvoir entre les mains du Conseil. Ils se débarrassaient ainsi de tous les problèmes de vie et de mort qu'ils étaient incapables de solutionner eux-mêmes.

— Vous voulez dire que toute la planète était dirigée par ces quatre scientifiques?

— Pendant un certain temps, oui. Une époque glorieuse, ajouta le chef d'un air rêveur: plus de guerre, plus de maladie, une espérance de vie allongée, l'harmonie et la camaraderie partout.

— Combien de temps cela a-t-il duré? demandai-je.

— Une génération. Puis les enfants des quatre fondateurs voulurent prendre le contrôle plutôt que de garder le vote au suffrage universel.

— Qu'est-ce qui s'est passé? interrogeai-je.

— Eh bien, deux factions se formèrent, avec chacune des adeptes. Ils trouvèrent de vieux manuels où on expliquait la fabrication des fusils, des tanks et des bombes.

Une époque glorieuse –
pendant une génération.

— J'imagine qu'on utilisa toutes les connaissances scientifiques de l'époque, dis-je.

— En effet, répondit Kolar. Un groupe, le nôtre, prit possession de la zone polaire du nord après avoir fait fondre la glace — et, bien entendu, bouleversé grandement les conditions atmosphériques. Nous avons créé une île au pôle Nord et en avons fait notre quartier général.

— Et l'autre groupe ? demandai-je.

— Ils se trouvent à l'autre extrémité de la planète. Ils ont amené l'énergie solaire sur le continent le plus froid et sont basés en Antarctique.

— Combien de temps cette guerre a-t-elle duré ?

— Elle continue toujours. L'Empire du sud nous espionne, nous attaque, nous pille et nous tue, déclara le chef. Ce laboratoire où vous êtes arrivé à Richmond est une de nos bases secrètes. C'est pour cela que nous vous avons pris pour un ennemi.

— Je vois. Mais peut-être que...

À ce moment précis, un bruit de sirène qui semblait indiquer la fin du monde se mit à retentir.

Les sirènes se mirent en marche.

LA MACHINE À EXPLORER LE TEMPS

— Ils approchent! hurla quelqu'un.

— Tout le monde à son poste, cria le chef dans une boîte sur son bureau.

Profitant de la confusion générale, je retournai dans le laboratoire. Je n'étais qu'à un pied de distance de la Machine quand je me sentis tirer en arrière.

Darton, l'homme en bleu, me retenait:

— Non, pas vous! criait-il. C'est moi qui vais faire un tour dans le passé. Avec toutes mes connaissances, je vais éblouir le vieux monde. Ils seront en extase devant moi!

— C'est donc pour cela que vous ne vouliez pas détruire ma Machine, bredouillai-je.

— Salut et merci, répondit-il en m'abandonnant sur le sol.

Désespéré, je pris le risque de lancer cette phrase en espérant que la pilule de vérité ait cessé d'agir:

— Vous devriez me laisser vous montrer quel levier dégage le gaz qui empoisonne, sinon, vous risquez de vous tuer!

Darton le retenait.

LA MACHINE À EXPLORER LE TEMPS

Et, bien entendu, il me crut. Tout engin qu'il aurait construit lui-même aurait contenu du gaz qui empoisonne.

— D'accord, dit-il, mais n'en profitez pas.

L'index ganté qu'il pointait sur moi se terminait en canon de fusil.

— C'est ici, par terre, dis-je. Et en me penchant, j'attrapai la vieille barre de fer que j'avais gardée en échappant aux Morlocks.

— Je ne le vois pas, dit-il.

Et ce furent ses derniers mots avant que je ne l'assomme.

Je passai son corps flasque par-dessus bord et le frappai une nouvelle fois à la tête pour assurer mon salut. J'enfourchai la selle à toute vitesse et programmai ma Machine pour revenir à notre époque.

Il le frappa avec sa barre de fer.

De retour dans son laboratoire.

Chapitre 14

La fin d'une histoire,
le début d'une autre

Lorsque l'écran indiqua la date d'aujourd'hui, j'arrêtai la Machine et retrouvai mon laboratoire et mes objets exactement comme je les avais laissés.

Je sortis de ma Machine tout ankylosé et m'assis sur le banc. Cette fois, je tremblais violemment. Puis je me calmai. Mon atelier était inchangé, comme si tout cela n'avait été qu'un rêve... enfin, pas tout à fait...

Au départ, ma Machine à explorer le temps se trouvait dans le coin sud-est du laboratoire, là où vous l'avez tous vue. À l'arrivée, elle se trouvait

LA MACHINE À EXPLORER LE TEMPS

dans le coin nord-ouest. Cela indique la distance exacte entre la pelouse où j'avais atterri et le piédestal du Sphinx blanc où les Morlocks avaient placé ma Machine.

Je me levai et m'avançai péniblement dans le couloir. J'entendis vos voix et ouvris la porte... vous connaissez la suite. Après m'être lavé et changé, je mangeai et commençai à vous conter mon aventure...»

Le Voyageur dans le temps prit une grande respiration et observa les expressions des visages qui l'entouraient :

— Je sais que cela semble incroyable et je ne vous en veux pas si vous ne me croyez pas. J'avoue avoir moi-même de la difficulté à le croire, et pourtant...

Le Voyageur dans le temps regarda les fleurs blanches, fanées, sur la table. Il se pencha pour les caresser et étudia les cicatrices à moitié guéries sur ses poings :

— J'ai bel et bien construit une Machine à explorer le temps et je l'ai utilisée... Mais vos expressions me font douter... Je dois aller la voir.

« J'ai construit une Machine à explorer
le temps et je l'ai utilisée... »

LA MACHINE À EXPLORER LE TEMPS

Les hommes le suivirent dans le laboratoire. La Machine à explorer le temps se trouvait dans le coin nord-ouest, exactement comme il l'avait dit. L'ivoire était couvert de petits points bruns et de taches, et, à sa base, il y avait de l'herbe et de la mousse. Un des rails était tordu.

Le Voyageur dans le temps pencha la tête, convaincu de ce qu'il venait de raconter à ses convives.

Lorsque le Voyageur dans le temps quitta ses amis un peu plus tard, le docteur Perry le regarda en face et lui dit :

— Vous souffrez de surmenage, mon ami. Vous avez besoin de vous reposer.

— Quel dommage que vous ne soyez pas écrivain, tonna Clark, l'éditeur. Vous feriez fortune avec cette histoire !

— Où avez-vous réellement trouvé ces fleurs, mon ami ? demanda Manning, le psychologue.

Filby fut le seul à ne pas se moquer de lui en serrant tranquillement la main de son ami. Et, avec un sourire, il lui murmura doucement :

Filby était le seul qui ne se
moquait pas de lui.

LA MACHINE À EXPLORER LE TEMPS

– Bonne nuit !

Filby ne put fermer l'œil de la nuit. Le lendemain, il s'arrêta chez son ami pour poser au Voyageur dans le temps d'autres questions sur son histoire incroyable.

Le Voyageur dans le temps accueillit Filby dans le salon. Il portait un sac à dos et un petit appareil photo :

– Je sais pourquoi vous êtes venu, dit-il chaleureusement, et je vous en remercie.

– Qu'est-ce que vous comptez faire maintenant ? demanda Filby.

– Restez assis là et lisez quelques magazines, répondit le Voyageur dans le temps, je serai de retour dans une demi-heure.

– Où allez-vous avec votre sac à dos et votre appareil photo ? interrogea Filby en feuilletant un magazine.

– Cette fois, je ramènerai des preuves, annonça le Voyageur dans le temps en se dirigeant vers la porte. Des photos et un ou deux spécimens. Vous voulez m'attendre ?

« Cette fois, je ramènerai des preuves. »

LA MACHINE À EXPLORER LE TEMPS

– Bien sûr, répondit Filby, un peu distrait... Puis il réalisa ce que son ami venait de dire et il partit en courant en direction du laboratoire.

Lorsqu'il atteignit la porte, Filby sentit un fort courant d'air et vit une masse qui tournoyait... puis une figure transparente. Soudain, un grand panneau de verre s'écrasa par terre. La pièce était vide. La Machine à explorer le temps et le Voyageur dans le temps étaient partis !

Filby attendit, mais le Voyageur dans le temps ne revint jamais. C'était il y a trois ans. Est-ce qu'il reviendra un jour ? A-t-il été tellement déçu du futur qu'il a décidé de retourner dans le passé pour rencontrer l'homme des cavernes ou les premières civilisations ? Ou bien s'est-il encore aventuré dans le futur ? Et si oui, qu'a-t-il découvert cette fois-ci ?

Ce qui restait de plus déconcertant pour Filby, c'était de ne pas savoir si le Voyageur dans le temps avait choisi délibérément de se trouver là où il se trouvait, ou s'il était prisonnier d'une forme de vie passée ou future.

Il était parti !

LA MACHINE À EXPLORER LE TEMPS

À présent, chaque fois que Filby s'inquiète pour l'avenir de l'humanité, il trouve un certain réconfort dans deux étranges petites fleurs blanches qu'il a gardées durant toutes ces années, même si, depuis, elles sont devenues brunes, plates et fragiles. Elles lui rappellent que, même dans les moments difficiles, la sollicitude, la gratitude, l'amour et le dévouement peuvent survivre dans le cœur de l'homme et de la femme !

Il trouve un certain réconfort auprès de
deux petites fleurs brunies et fragiles.

Achevé d'imprimer en juillet 2003 sur les presses de
Payette & Simms inc. à Saint-Lambert (Québec)

LA MACHINE À EXPLORER LE TEMPS

H.G. Wells

*Une adaptation spéciale
de Shirley Bogart*

Le futur, cet inconnu!

Au grand étonnement de ses confrères, un jeune scientifique a mis au point une machine lui permettant de réaliser l'un des plus anciens rêves de l'humanité: voyager dans le temps. Tout le monde est sceptique, mais voilà qu'il ramène de ses voyages une histoire fantastique et... la preuve de ce qu'il avance.

Bien que cette aventure soit l'une des premières histoires de science-fiction, elle demeure l'une des plus fascinantes qui soient. Partez à la découverte d'un avenir terrifiant en plongeant dans l'audacieux univers imaginé par H.G. Wells!

ISBN: 2-89495-212-0

9 782894 952122